人间失格

〔日〕太宰治 著
杨伟 译

作家出版社

图书在版编目（CIP）数据

人间失格 /（日）太宰治著；杨伟译 . —北京：作家出版社，2015.8（2019.8 重印）

（世界文学名著）

ISBN 978-7-5063-8026-3

Ⅰ. ①人… Ⅱ. ①太… ②杨 Ⅲ. ①自传体小说—日本—现代 Ⅳ. ① I313.45

中国版本图书馆 CIP 数据核字（2015）第 112000 号

人间失格

著　　者：〔日〕太宰治
译　　者：杨　伟
责任编辑：王　炘
装帧设计：仙境设计
出版发行：作家出版社有限公司
社　　址：北京农展馆南里 10 号　　邮　　编：100125
电话传真：86-10-65067186（发行中心及邮购部）
　　　　　86-10-65004079（总编室）
E-mail:zuojia@zuojia.net.cn
http://www.haozuojia.com（作家在线）
印　　刷：北京中科印刷有限公司
成品尺寸：145×210
字　　数：246 千
印　　张：7.5
版　　次：2015 年 8 月第 1 版
印　　次：2019 年 8 月第 13 次印刷
ISBN　978-7-5063-8026-3
定　　价：25.00 元

作家版图书，版权所有，侵权必究。
作家版图书，印装错误可随时退换。

译者序

"永远的少年"
——太宰治及其文学的心理轨迹

太宰治的小说第一次进入中国内地读者的视野，大约是在1981年。张嘉林先生翻译的《斜阳》出现在"文革"结束后不久的中国文坛，掀起了一股不小的太宰文学热。尽管它似乎被淹没在了罩着诺贝尔文学奖光环的川端康成文学的翻译热浪里，却悄无声息地形成了一股虽不张扬但持续涌动的"暗流"，造就了一批痴迷得近于"狂热信徒"的读者群体。与川端文学和后来的大江文学不同，太宰文学不是以轰轰烈烈的方式，而是以更加个体和隐秘的，甚至是"同谋犯"的方式闯入读者心中某一片或许是被刻意掩饰的一隅，搅动了读者内心深处最柔弱而又最执拗的乡愁。

太宰文学被誉为永恒的"青春文学"，被年轻的少年们（包括另一种心理状态上的少年们）视为神明一般地尊奉，其中漂漾着的"清澄的感受性"和绝不妥协的纯粹性，堪称世界上青春文学的最好范本。与此同时，太宰文学又被誉为"弱者的文学"，正如他在

《蓄犬谈》一文中所说的那样:"艺术家本来就应该是弱者的伙伴——弱者的朋友。在艺术家来说,这就是出发点,就是最高的目的。"太宰治似乎是把懦弱作为一种出发点,甚至是一种武器,以退为进地向所谓的"强者"、向伪善的人生和社会公开宣战,从而彰显出一种别样的强大、别样的高贵和骄傲的激情。

太宰治的一生充满了传奇色彩,用现在的话来说,就是拥有大量可以炒作的题材。他出身豪门,一生立志文学,师从井伏鳟二等小说名家;大学时代曾积极投身左翼运动,却中途脱逃;生活放荡不羁,却热心于阅读《圣经》;五度自杀,四度殉情未遂,三十九岁时与最后一位情人投水自尽。以至于他说"回首往昔,我的人生充斥着耻辱"(《人间失格》),"生而为人,对不起"(《二十世纪旗手》),但与此同时,"上帝选民的不安与恍惚俱存于吾身"(《叶》)。而这些格言式的短语恰好成了太宰治人生和文学的最好注脚,也从某个角度勾勒出了他一生的心理轨迹。

太宰治于1906年6月19日出生在日本青森县北津郡金木町一个大地主家庭。父亲是一个多额纳税的贵族院议员。尽管津岛(太宰治的本姓)一家是津轻这片穷乡僻壤远近闻名的豪门望族,却是依靠投机买卖和高利贷而发家致富的暴发户。因此,"我的老家没有什么值得夸耀的家谱","实在是一个俗气的、普通的乡巴佬大地主"(《苦恼的年鉴》)。这样一个豪华而粗鄙的家庭使太宰治滋生了一种"名门意识",同时又使他终生对那种真正的贵族抱有执着的憧憬(这在《斜阳》中表现得尤其充分)。因此,他的一生一直在留恋、依赖这个家庭和背叛、批判这个家庭的矛盾中挣扎搏斗,以追求个人的自我价值。不难看出,太宰治作为津岛家的公子,为这个家庭感受到了自卑和自豪的矛盾,而这种双重情感的分裂与太宰治一生的极度荣誉感和自我欠缺感的性格基调乃是一脉相承的。

从小在周围和学校受到的不同于一般人的优厚待遇和自幼的聪颖敏感以及"名门意识",使他感到自己是不同于他人的特殊人种。这种极度的自尊和优越感发展为一种极度的荣誉感和英雄主义,导致了他所谓的"选民意识"。而过分的自矜又导致了他强烈的自我意识和敏锐的感受性,并必然在粗糙的现实中动辄受伤。在冷漠的家庭中,他近乎早熟地解构着他人的面目和人类的本性,从少年时代起就反复经历了对荣誉的热烈憧憬和悲惨的失败,进而是对人性的绝望。正是这种极度的自尊心和容易受伤的感受性构成了太宰治一生的性格基调。它不难演变成一种对绝对的渴求,对至善至美的最高理想的执着憧憬,容不得半点瑕疵的洁癖。这种绝对的追求因为缺乏现实的根基和足够的心理准备,一遇到挫折就很容易蜕变成强烈的自卑和完全的自暴自弃。要么完美无缺,要么彻底破灭,这无疑最好地表达了太宰治一生的纯粹性和脆弱性,同时亦不妨看作现代青春特性的集中写照。

作为家庭的第六个儿子,加之父亲的忙碌和母亲的体弱多病,他是在叔母和保姆阿竹的养护下长大的。他生活在孤独寂寞的世界里,渴望着热烈的爱而又无法得到,这使他感到有一种被世界抛弃了的悲哀。外界对于他永远是一个可怕的存在,仿佛自己被排挤在社会外,不能与现实社会和他人发生有机的联系。从某种意义上说,这反而使他能够站在现实以外利用自己的批判意识来认识乃至批判家庭和社会中人的冷漠、虚伪和庸俗。可以说,在社会和外界遗弃了太宰治的同时,太宰治也拒绝了伪善、鄙俗的外界社会,从而使他的内心世界与现实世界的隔膜和分裂愈演愈烈,以至于发展成为一种尖锐的对抗性。因而,他对世间的认识永远是静止的,甚至不乏极端的成分,并依靠这种极端而成就了一种绝不妥协的纯粹性。他蜷缩在自己独自的世界里形成了一个封闭性的自我，再加上物质条件的优厚使他得以在一个远离了实用性和人生操劳的超现实的境地中，在浪漫的主观世界里，编织自己至善至美的理想花环，并以此为基点去认识现实和批判现实。而这种脱离了实际生活的批判意识因为处在丑恶的现实之外，所以使他能够在剖析实际生活时变得更加犀利更加纯粹的同时，也很容易变成一种不结果实的花朵，一种必然败北的斗争。

而当太宰治的极度荣誉感和强烈的批评意识从外界转向自我时，追求至善至美的性格又使他无法肯定自我的价值，从而对自我进行了毫不留情甚至是苛刻的反省，迫使他背负了在常人看来大可不必的自卑意识和自我欠缺感。作为大地主的第六个儿子，太宰治有一种"家庭的多余人意识"，之后随着共产主义运动的兴起，在与平民百姓的接触中发展成了一种"社会的多余人意识"。于是，他陷入了一种现实的批评者和理想的追求者之间的深刻矛盾中，以至于不得不在早期作品《往事》的题首录下了魏尔伦的诗句："上帝选民的恍惚与不安俱存于吾身。"

在这种极度的苦恼、自我意识的分裂中怎样解决现实与理想之间的矛盾呢？"我终于找到了一个寂寞的排泄口，那就是创作。在这里有许多我的同类，大家都和我一样感到一种莫名的战栗。做一个作家吧，做一个作家吧。"（《往事》）于是，太宰治在一个远离了现实的地方，在一个独自的世界里——文学中找到了孤独和不安的排泄口，使主观理想与客观现实在一个架空的世界里——创作的天地中，依靠观念和冥想得到了暂时的统一。

除了在文学中寻求矛盾的暂时缓和以外，在实际生活中太宰治被迫走上了一条自我破坏的道路。对市民社会的虚伪性和陈规陋习深恶痛绝的他弃绝了那些世俗的追求自我价值的道路，而是通过确认自己的自我欠缺感，甚至牺牲自己这样一种貌似无赖的方式来达成旧的道德秩序的解体，以换取一种"废墟的生命力"，实现一种曲折的自我肯定、自我升华，摆脱过剩的自我意识的泥沼。而大正末年、昭和初期兴起的无产阶级运动恰好成了他确认自我欠缺感、进行自我破坏的突破口。

昭和初年的无产阶级运动直接波及了津岛家，以榨取农民血汗致富的津岛家不用说成了无产阶级运动的对象，这加深了太宰治的"社会多余人意识"，并进而发展成作为地主儿子的"民众之敌"的意识。太宰治为此抱有一种宿命的罪恶意识，在少年期所经历过的观念上的败北因为革命的到来得到了具体而实际的印证。这种阶级意识上的"负的意识"压迫着太宰治，促使他很快加入了共产主义运动，出席秘密研究会，并写出了《学生群》《一代地主》等带有无产阶级色彩的作品，但不久他就脱离了革命。显然这与他的思想性格、特别是他参加革命运动的独特方式密不可分的。

太宰治作为绝对理想的追求者必然对相对的现实、僵化腐败的现存道德秩序持激烈的否定态度，因而共产主义运动的兴起无异于一盏明灯点燃在现实的黑暗之中。他对现实的矛盾不加妥协、一律拒绝、全面批判的态度，与共产主义运动对现实社会的猛烈批判乃至对旧秩序的颠覆，从某种意义上看，无疑有着相似的一面。因而太宰治来不及仔细研究共产主义，仅仅由于共产主义运动对现有制度的否定便产生了强烈的共鸣。"总之，与其说是那种运动本身的目的，不如说是那种运动的外壳更符合我的口味。"（《人间失格》）毋庸置疑，共产主义运动是一场打倒一切剥削阶级的现实革命，作为大地主的儿子，太宰治所抱有的宿命的罪恶意识使他不可能作为一个革命者，而只能作为革命的对象投身其中。因此，不是成为革命家，而是破坏自己、灭亡自己，清算封建家庭的罪孽，成为民众之友，发掘自己作为被革命者的存在价值，就成了他参加共产主义运动的独特方式。这种独特的方式决定了他只能稀里糊涂地投身于革命，在自己极度受伤甚至毁灭之后，便又脱离了革命。显然，他参加革命所要解决的问题主要不是客观的现实，而是自己出身的原罪意识和过剩的自我意识。换言之，他不是作为一种社会思想，而是作为一种个人伦理来参加革命的，这决定了他在共产主义运动这一改革现实的社会实践中必然半途而废，因而，他始终没有从世界观上信奉马列主义，而仅仅是作为一种知识修养对马列主义持理解态度。因此，不难理解太宰治在共产主义运动遭受挫折、身心交瘁的情况下脱离革命的结局。在共产主义运动中加深了自己的"多余人意识"，并进行了残酷的自我破坏之后，太宰治逃离了革命。这彻底决定了他只能以灭亡者的身份与社会发生联系的生活道路。不是共产主义运动，而是共产主义运动的挫折感、背叛感一直折磨着患有洁癖的太宰治，使他背上了沉重的"罪恶意识"，使其文学变成了与罪恶意识搏斗的记录。

"如果是叛徒，就要像叛徒一样地行动。……我等待着被杀戮的日子。"（《虚构之春》）太宰治在确认了自己的"多余人意识""叛徒意识"之后，只能把叛徒的烙印打在自己的脸上，以自我破坏来追求自己作为"叛徒"的价值。"丢了性命来彻底地过所谓的不道德生活，也许这倒要受到后世人们的称赞。牺牲者。道德过渡时期的牺牲者。"（《斜阳》）因此，太宰治自觉地也是无可奈何地选择了一条自我毁灭的道路。不仅彻底毁灭自己，并以此去扩大恶，从内部来使旧的秩序彻底崩溃，为新的时代，为他人尽自己作为破灭者的努力，求得一种"负的平方根"，进而最终得到一种自我价值的肯定。这便是太宰治的"无赖"哲学。而最大的自我毁灭就是死亡——于是，太宰治和一个酒吧女招待一起跳海自杀，结果那个女人死了，他却活了下来，这无疑更加深了他的罪恶意识。

共产主义运动的挫折使他对一切思想的有效性产生了怀疑。也不再相信任何改革现实的实践活动，因而他又重新回到了因参加共产主义运动而一度中断的文学创作中。他以遗书的形式发表了总题为《晚年》的一系列小说。他在文学中以观念的形式避免强烈的自我破坏来解决现实的苦恼，达到了一种较为直接的自我肯定，使自己的行为得以正当化。然而，每当他的自我在文学中得到主张时，其批评意识又会即刻复活，对这种自我主张本身发起攻击，从而形成更深的自我否定。这种自我主张与自我否定交替进行，循环往复，使他暂时在文学中得以统一的自我变得愈加分裂，而这给他的创作手法也带来了极大的影响，比如在《叶》《丑角之花》《虚构之春》《狂言之神》等小说中，分裂的自我在绝望的自我否定与自嘲式的自我肯定中轮番登场，而无数的主人公都不啻作者的分身。

于是，在实际生活中，背负着"罪恶意识"而又渴求自我绝对完美的太宰治只能以彻底的自我牺牲和自我破坏来谋求与他人与社会的联系，并试图在这种联系中确认自己的价值，其具体方法就是他所谓的"丑角精神"。在与外界的敌对关系中经历了无数次败北的"多余人"和"叛徒"最后只能屈从于外界的现实生活，罩上"丑角"的面壳来掩盖自己的真实面目，用小时候起就惯用的"逗笑""装模作样"等手法来伪装自己，取悦于他人，使自己彻底地非自己化。与他人同一化，从而发展成一种"丑角精神"。但他极度的自尊心和荣誉感又不允许他完全屈从于外界社会，因此，他又开始了向人们的攻击和报复。因而，"丑角精神"就是这样一种复杂的心理机制的产物。

太宰治扮演丑角乃是为了向他人求爱，同时又保护脆弱的自我。但太宰治的文学却力图使自己的这种"丑角精神"上升为一种绝对的利他精神，以此来反衬社会和他人的冷漠，夸耀自己的纯粹。事实上我们不难发现，他的这种"丑角精神"虽然总是力图上升为一种利他主义精神，却一直未能达到一种真正的利他主义，其直接的目的较之服务于他人，更注重保护自我。由于这种"丑角精神"是在绝对固守自我的内心世界，割断与现实联系的前提下发挥的，因而"求爱"只是一个外壳，核心乃是掩藏真实的自我。即使他用虚假的自我赢得了与他人的联系，但这种联系也是建立在真实的自我之外的，因此必定是脆弱的、缺乏现实性的表面联系，从而注定了太宰治的"丑角精神"必然以失败告终。但是，根本否认人与人之间相互理解之可能性的太宰治是能够预料并且不怕这种失败的，因为虽然败在了别人手里，却战胜了自己。正是在一次次惨重的失败中，太宰治向人们、更向自己证实了自我通向至善至美境地的途径。因而，太宰治的"丑角"越演越烈，并在《人间失格》中大谈"丑角精神"的发挥和破灭。正是借助文学与现实的相辅相成，太宰治得到了一种心理上的自我满足、人格上的自我升华和非同寻常的自我优越感，使至善至美的理想之先在汗流浃背的服务中冉冉升起。

"只有具备自我优越感的人才可能扮演丑角。"（《乞丐学生》）不难看出，太宰治的"丑角精神"既是获取自我优越感的途径，同时也是因扮演丑角、屈从于他人和社会而受伤的自尊心对外界现实和他人的报复。"以自虐为武器试图进行报复，这是太宰治的伦理。"[1] 于是，为了获得更大的自我肯定，他就只能加倍地扮演丑角。他的这种自我肯定有时甚至是建立在一种希望现实的恶、

---

[1] 佐木召一《太宰治试论》（有精堂，1970年），34页。

人类的恶暂时不变的基础之上的，因为只有现实和他人的恶不变，甚至越烈，他的高尚和纯粹才越发夺目，才越能在与现实和他人的反衬中追求并凸显自己的完美。因而他是靠摒弃了对现实社会之完美的追求来保持住了对自我之完美的追求。从这种意义上说，他是一个自我中心主义者，但他又要用自我的完美反过来教育世人，给人类以爱的榜样，所以，从这种意义上说，他又是一个善良的人，一个带有悲剧色彩的英雄人物。以至于他不惜用死亡来证实并完成自己的纯粹，然后再用自己的纯粹来拯救世界。换言之，是企图先拒绝现实以追求自我的绝对完美，然后再用绝对完美的自我来引导人们追求现实世界的绝对完美。至此，太宰治的想法明显地向《圣经》接近了。

怎样使自己的"丑角精神"和自我破坏获得真正的价值和永恒的意义呢？太宰治以文学为媒介表白自己的衷肠，证实自己的纯粹，但又不免感到这种文学上的自我肯定有他自己厌恶的傲慢与矫饰之嫌。所以，他在文学上的自我肯定是相对的，显得躲躲闪闪，时刻有被自己和他人批评的可能性。因此，太宰治迫切需要找到文学以外的一种东西来求得绝对的自我肯定，以统一分裂的自我。"'你要像爱自己一样爱你的邻人。'这是我最初的宗旨，也是我最后的宗旨。"（《随想（回信——致贵司山治）昭和二十一年三月》）于是，太宰治以《圣经》为依据，将自己的"丑角精神"上升为一种爱邻人的宗教精神，从而使自己的自我破坏因为神的出现而获得了绝对的道德意义。正如同为无赖派代表作家的坂口安吾所言："在不良少年中也算是特别的胆小鬼和好哭鬼。依靠臂力不能取胜，依靠道理也不能取胜。于是，只好搬出一个证据的权威来进行自我主张。芥川和太宰都把基督搬出来作证。这是胆小鬼和好哭鬼的不良少年的手腕。"[1]太宰治一接触到《圣经》，不需要教会和牧师，便马上变成了《圣经》的热心读者。一面扮演丑角，一面又怀疑丑角意义的太宰治通过接近《圣经》，使"丑角精神"获得了一种形而上的意义，一种有力的理论依据，从而有可能从自我保护手段上升为崇高的宗教精神。因而，他死死攀住基督这棵树，来使自己摆脱自我怀疑的泥潭，向基督的完美境界阔步前进，以成为一个绝对的善者。作为一个追求完美的人，太宰治对那种纯粹高尚的、无报酬的行为和毫无利己之心的生活，还有这种生活的完美实践者、基督的美感到深深的钦慕和向往。但太宰治作为一个罪人、叛徒，只能把自己投影于犹大身上，主动走向神这个绝对者的审判台，使自我破坏和"丑角精神"在神的面前演变成一种自我赎罪，并使自我赎罪彻底化为通向自我完善的途径，以获取与基督相同的意义。他"不相信神的爱，只相信神的惩罚"（《人间失格》）。这是他对神的独特信仰方式，从而使他区别于一般的基督教徒。我们知道，基督教因保罗的出现而由律法式的宗教变成了信仰的宗教。神把他的儿子耶稣派到人间，将人类从罪孽中拯救出来。无罪的基督身着仆人的褴褛衣衫在十字架上受刑而死，以他一个人的死赎清了全人类的罪过。因而基督之死证明神不仅是惩罚之神，更是恩宠之神。只有这样才打开了前往天国的道路。但太宰治对于神不是乞求宽恕，而仅仅是乞求一种惩罚。太宰治没有看到，更准确地说，是故意抹杀了死于十字架上为全人类赎罪的耶稣的光辉，而只是以绝对理想追求者的身份崇拜着基督的完美。他把"人间失格"的形象与基督耶稣的形象联系起来，不断地乞求神的惩罚，以便使自己在神的惩罚中不断升华，最终由一个"人间失格者"过渡到耶

---

[1] 见坂口安吾《不良少年与基督》一文。

稣式的英雄。越接近基督，也就意味着自我破坏愈加惨烈，越是丧失为人的资格，从而在这种带有自虐色彩的行为中汲取到文学的源泉，体验到一种超越了凡人向神的完美过渡的快感。正如法国作家纪德所言："我因鞭笞自己而感到喜悦，喜悦自己的无处逃避——其中有莫大的骄傲，在身处罪恶时。"[1]于是，太宰治借助神的惩罚而获得了鞭笞自己的喜悦。但鞭笞自己的极限无疑是自杀——尽管太宰治深谙这一点，却依旧勇敢地向自虐寻求文学的据点。他的很多作品都可以称为请求神惩罚的结果。如果失去了神的惩罚而相信神的恩宠，太宰治将作为一个常人成为教徒，从而可以得到心灵的解放而免受自我意识分裂的痛苦，但与此同时，也将失去太宰文学的本质。因为对神的信仰意味着单纯的"祈祷"，一切行动将由神来赋予，而人也就失去了作为人本身的自我意识和主体价值，成为神的仆从。这势必威胁到太宰治能否保持作家的主体性。至此，太宰治面临着文学家和信徒之间的选择危机。但他却毅然决然地选择了文学家的立场，弃绝了神的拯救和日常生活的安定，背负着十字架，用文学家的精神来贯穿了自己的一生。"只有信仰基督的赎罪，才会得到神的义。并且，不是依靠自己的功绩，而是依靠恩宠得到义的人才会得到实行基督的戒律的能力。"[2]由此一来，不相信基督之赎罪的太宰治自然不能得到神的义，从而关闭了自己通往天国的道路。既然不能得到神的义，就自己创造自己的义——"像玩扑克牌一样，负的全部收齐，就变成了正的。"（《维庸之妻》）面对神的权威，他建立起了自己的权威——要是神不惩罚我，我就自己惩罚自己。从某种意义上说，神不啻是他自我惩罚的工具。神

---

[1] 诺贝尔文学全集《纪德》卷（九华文化出版有限公司，1982年），68页。
[2] 菊田义孝《太宰治与罪的问题》（审美社，1964年）。

被太宰治利用后便遭到了抛弃。可以说，太宰治自始至终贯彻了人本主义，以人的胜利来战胜了神，从而反过来证实了神的胜利。无疑，当他拒绝了神的拯救时，信仰也就发生了危机，注定了他自我惩罚的尽头只能是自杀。

我们不难发现，尽管神暂时统一了太宰治分裂的自我，却不能填平太宰治与不存在着神的外部世界之间的鸿沟。太宰治因为神不是走进了大众和现实，反而更加远离了现实的人类。但太宰治活着的目的更主要是在向人类的求爱中通过他人来证实自己的存在价值，较之神的肯定，他更希求的是人的肯定，甘愿为得到人类的信赖和爱而放弃神的恩宠。所以，他只是借助了神的力量，而不可能在信仰的世界里驻足常留，必然在终极意义上抛弃神而返回人间，即便这是一个不可能获得"信赖"和"安慰"的冷漠世间。可是，"怎么也不能对人类死心的"的太宰治一旦放眼现实世界，面对战后假民主主义的盛行，沙龙思想在文坛上的支配地位，还有战后的一片废墟和旧有道德的全面崩溃，他不禁发出了高度虚无的叹息："只是一切都将逝去。"（《人间失格》）"管他是不是人面兽心，我们只要活着就行了。"（《维庸之妻》）于是，他只好用肉体的消亡来结束内心的纠葛。但他不愿平常地死去，而必须得做一次悲壮的牺牲，来维护并成就自己英雄的声誉。面对让人绝望的现实，又要拯救这个神不存在的人类世界，太宰治只好让自己成为一个来自人间的神，换言之，像耶稣死在十字架上一样，为了全人类他要勇敢地死去，靠死亡来最后完善自己，然后再用死亡达成的永恒、绝对、至美来拯救人类和现实。因为自杀有着区别于自然死亡和被动死亡的英雄色彩，因此，在他看来，自杀意味着主动抛弃了现实的相对性而获得了永恒和绝对。于是，1948年6月13日，太宰治投河自杀，试图通过死亡来成为人类现代的赎罪者，本世纪的耶稣。"是吗？……真是个好孩子。"（《眉山》）"我们所认识的阿叶（主人公名），既诚实又乖巧，要是不喝酒，不，即使喝酒……也是一个神一样的好孩子哪。"（《人间失格》）他留下这些自我主张的美丽希望后绝尘而去，他的死不是面对神，不是通向天国的，而是面对人间的，即希望以死亡来换取人们的承认和赞美。不过，太宰治最终也没能变成耶稣，倒是因其独特的文学作品在日本文学史上甚至于世界文学史上占据了重要的一席之地。如今，太宰治和夏目漱石、宫泽贤治一样，是日本读者阅读得最多的作家之一，甚至成了不少青少年的精神导师。

太宰治作为文学家活跃于日本文坛，只有从1933年到1948年的短短十五年。太宰治的文学创作通常分为前期、中期和后期，分别与日本左翼运动遭到镇压的战前时期、第二次世界大战和战后的迷惘时代相对应。从空间上看，养育了太宰治的故乡，乃是津轻这样一个处于日本本州北端的乡下地区。尽管太宰治长大成人后移居到了东京的郊外，但除了故乡津轻和东京之外，他也就只去过伊豆、三岛、甲府、新潟、佐渡等区区几个地方。不用说前往海外旅游，就连京都和大阪等关西地区也不曾涉足。换言之，太宰治作为一个文学家，在时间上只短暂地生活在了一个极其特殊而又异常的年代里，而从空间上说，也只是生活在了一个极其有限的狭窄地域里。不用说，这样一个作家所写出的作品，成为一种非常偏狭的特殊文学，自有其必然性。

尽管如此，太宰文学却具有一种超越了时空的不可思议的普遍性和现代性。阅读《斜阳》和《人间失格》等作品，不能不感觉到，太宰治所直面的乃是人类、特别是现代人共同面对的普遍课题，描写了现代社会中出现频率越来越高的自闭者、叛逆者、边缘人或多余人的悲剧。比如，就像《人间失格》中的主人公那样，在现代，一旦试图富有实验性地、忠实于自我地生活下去，就很可能遭到社会的疏远和异化，成为"人间失格者"。或许在所有现代人的心中，都或明或暗地存在着一块懦弱、孤独而又渴求着爱的荒地，而这块荒地却被太宰治的文字无声地侵袭，而且无从回避。之所以有无数的读者痴迷于太宰文学，无疑是因为他们把太宰治看作了自己心灵秘密的代言人，甚至具有排他性的青春密友。在太宰治自杀辞世已经过去了六十七年的今天，太宰文学迷有增无减，且逐渐跨越了国界。与其说太宰文学业已跻身于功成名就的经典作品行列，不如说在现代语境里反倒越来越彰显出历久弥新的鲜活的现代性。这无疑是因为太宰治不惜用生命作为赌注，将自己置于实验台上以曝露现代人的耻部，追求人类最隐秘的真实性和人类最本源性的生存方式，并表现为融独特性和普遍性为一体的文字之缘故。

心理学家荣格认为，所有人内心的无意识深处都存在着一个"永远的少年"原型。所谓"永远的少年"，乃是奥维德对希腊少年神伊阿科斯的指称。既然被称为"永远的少年"，也就意味着可以返老还童，永不成年。在厄琉西斯的秘密仪式上，他又是谷物与再生之神。作为英雄，他试图急速地上升，但时而又会突然坠落，被吸入作为地母的大地中。于是他又以新的形式再生，重新开始急速上升的过程。借助地母神的力量，他可以不断重复死亡与再生的过程，永葆青春。他永远不会长大成人，是英雄，是神的儿子，是地母的爱子，又是打破秩序的捣蛋鬼，同时又不可能彻底定型为其中的某一角色。他绝不被习俗所束缚，总是孜孜不倦地追求着自己的理想。他们对无意识中闪现的灵光，总是保持着开放的心灵，却缺乏加以现实化的能力。所以，常常被认为是心理学上的退化。但荣格认为，退化并不总是一种病态，毋宁说是心灵创造性过程的必需之物。依靠退化，自我得以与无意识相接触，由此获得的，既可能是病态的或者邪恶的东西，也可能是未来发展的可能性，或是崭新生命的萌芽。因此，这种退化很可能是一种具有创造性的退化。

或许正是在这种意义上，人们把太宰治文学称为永恒的"青春文学"。我们总是——同时也只可能——从他的作品里找到一个主人公。一个保持了纯粹性却长不大的"永远的少年"。即便我们从封闭的自我走向了广阔的社会，走向了成熟，而不能不向他挥手作别，但这个"永远的少年"也总是会在我们内心深处唤起一种深深的战栗和乡愁般的情愫，让我们管窥到人性的渊薮，点燃我们潜在的创造激情。这是因为——就像李安说过，每个人心中都有一座"断背山"一样，我们每个人心中也必定潜藏着一个"永远的少年"原型。

目　录

人间失格 / 001

维庸之妻 / 101

Good-bye / 128

灯笼 / 167

满愿 / 174

美男子与香烟 / 177

皮肤与心 / 184

蟋蟀 / 201

樱桃 / 213

人间失格

序言

  我曾看过那男人的三张照片。

  第一张,该说是他幼年时代的相片吧,想必是在十岁前后拍下的。只见这个男孩子被众多的女人簇拥着(估计是他的姐妹,抑或堂姐妹吧),他站在庭院的水池畔,身穿粗条纹的裙裤,将脑袋向左倾斜了近三十度,脸上挂着煞是丑陋的笑容。丑陋?!殊不知,即使感觉迟钝的人(即对美和丑漠不关心的人)摆出一副无趣的表情,随口恭维一句"是个蛮可爱的男孩子哪",听起来也不完全是空穴来风。的确,在那孩子的笑脸上,并不是就找不到人们常说的"可爱"的影子,但只要是接受过一丁点审美训练的人,也会在一瞥之间颇为不快地嘟哝道:"哎呀,这孩子怪瘆人的!"甚至还会像掸落毛毛虫那样,把照片扔得远远的吧。

  说真的,不知为什么,那孩子的笑脸越看越让人毛骨悚然。那原本就算不上一张笑脸。这男孩一点儿也没笑。其证据是,他攥紧了两只拳头站在那儿。人是不可能攥紧拳头微笑的,唯有猴子才会那样。那分明是猴子,是猴子的笑脸。说到底,只是往脸上挤满了丑陋的皱纹而已。照片上的他,一副奇妙的神情,显得猥琐,让人恶心,谁见了都忍不住想说"这是一个皱巴巴的小老头"。迄今为止,我还从没看到过哪个孩子的表情有如此诡异。

第二张照片上的他，脸部发生了惊人的巨变。那是一副学生的打扮。尽管很难断定是高中时代，还是大学时代的照片，但已经出落为一个青年才俊。但同样让人觉得蹊跷的是，这张照片上的他竟没有半点那种活生生的人的感觉。他穿着学生服，从胸前的口袋处露出白色的手绢，交叉着双腿坐在藤椅上，并且脸上还挂着笑容。然而，这一次的笑容，不再是那种皱巴巴的猴子的笑，而是变成了颇为巧妙的微笑，但不知为何，总与人的笑容大相径庭，缺乏那种可以称之为鲜血的凝重或是生命的涩滞之类的充实感。那笑容不像鸟，而是像鸟的羽毛，轻飘飘的，恰似白纸一张。总之，感觉就是一种彻头彻尾的人工制品。说他"矫情"，说他"轻薄"，说他"女人气"都嫌不够，而说他"喜好刀尺"，就更是隔靴搔痒了。仔细打量的话，还会从这个英俊学生身上感受到某种近似于灵异怪诞的阴森氛围。迄今为止，我还从没有看到过如此怪异的英俊青年。

第三张照片是最为古怪的，简直无法判定他的年龄。头上已早生华发。那是在某个肮脏无比的房间一隅（照片上清晰可见，那房间的墙壁上有三处已经剥落），他把双手伸到小小的火盆上烤火，只是这一次他没有笑，脸上没有任何表情。他就那么坐着，把双手伸向火盆，俨然保持着这个姿势，已经自然地死去了一般。这分明是一张弥漫着不祥气氛的照片。但奇怪的还不只这一点，照片把他的脸拍得比较大，使我得以仔细端详那张脸的结构。不光额头，还有额头上的皱纹，以及眉毛、眼睛、鼻子、嘴巴和下颏，全都平庸无奇。哎呀，这张脸岂止是毫无表情，甚至不能给人留下任何印象。它缺乏特征，比如说，一旦我看过照片后闭上双眼，那张脸便顷刻间被我忘在了九霄云外。尽管我能回忆起那房间的墙壁以及小小的火盆等等，可对于那房间中主人公的印象，却一下子烟消云散，怎么也想不起来了。那是一张构不成画面的脸，甚至连漫画也画不成。睁开眼睛看过后，我甚至没有"哦，原来是这样一张脸啊。想起来了"这样的愉悦感。说得极端点，即使我睁开眼再次端详那张照片，也同样无法回忆起那张脸来，而只会变得越发抑郁焦躁，最后索性挪开视线了事。

即使是所谓的"死相"，也应该再多一些表情或是印象吧？或许把马首硬安在人的身体上，就是这种感觉吧。总之，那照片无缘无故地让看的人毛骨悚然，心生厌恶。迄今为止，我还从没见过像他这样诡异的脸。

手记之一

　　回首往昔，我的人生充斥着耻辱。

　　对我来说，人类的生活难以捉摸。因为我出生在东北乡下，所以初次见到火车，还是在长大以后。我在火车站的天桥上爬上爬下，完全没有察觉到，天桥的架设乃是便于人们跨越铁轨，满以为其复杂的结构仅仅是为了把车站建得像外国的游乐场那样又过瘾又时髦。很长一段时间我都一直这么想。沿着天桥上上下下，这在我看来，毋宁说是一种超凡脱俗的俏皮游戏，甚至我认为，它是铁路的种种服务中最善解人意的一种。尔后，当我发现它不过是为了方便乘客跨越铁轨而架设的实用性阶梯时，顿时感到大为扫兴。

　　另外，在孩提时代，我从小人书上看到地铁时，也以为它的设计并非出自于实用性的需要，而是缘于另一个好玩的目的：即比起乘坐地面上的车辆，倒是乘坐地下的车辆更显得别出心裁，趣味横生。

从幼年时代起,我就体弱多病,常常卧床不起。我总是一边躺着,一边思忖:这些床单、枕套、被套,全都是无聊的装饰品。直到自己二十岁左右时才恍然大悟,原来它们都不过是一些实用品罢了。于是,我对人类的节俭不禁感到黯然神伤。

还有,我也从不知道饥肠辘辘是何等滋味。这倒不是故意炫耀自己生长在不愁吃穿的富贵人家。我还不至于那么愚蠢,只是真的对"饥肠辘辘"的感觉一无所知。或许这样说有点蹊跷吧,但即便我两腹空空,也真的不会有所察觉。在我上小学和中学时,一旦放学回到家里,周围的人就会七嘴八舌地问:"哎呀,肚子也该饿了吧,咱们也有过类似的体验呢。放学回家时的那种饥饿感,可真要人的命啦。吃点甜纳豆怎么样?家里还有蛋糕和面包哟。"而我则发挥自己与生俱来的喜欢讨好人的禀性,一边喏嚅着"我饿了,我饿了",一边把十粒甜纳豆一股脑儿塞进嘴巴里。可实际上,我对"饥饿感"是何等滋味浑然不知。

当然,我也很能吃,但我不记得,有哪次是因为饥饿而吃的。我爱吃的,是那些看来很少见的珍馐,或是貌似奢华的食物。还有去别人家时,对于主人端上来的食物,就算不喜欢我也要咽下肚去。在孩提时代的我看来,最痛苦难挨的莫过于自己家用餐的时候。

在我乡下的家里,全家就餐时,十来个人排成两列,相对而坐。作为最小的孩子,我当然是坐在最靠边的席位上。用餐的房间有些昏暗,午餐时一家十几个人全都一声不响地嚼着饭粒,那情景总是让我不寒而栗。再加上我家是一个古板的旧式乡下家族,所以,每顿端上饭桌的菜肴几乎一成不变,别奢望会出现什么稀奇的山珍,抑或奢华的海味,以致我对用餐的时刻充满了恐惧。我坐在那幽暗房间的末席上，因寒冷而浑身颤抖。我把饭菜一点一点地勉强塞进嘴巴，不住地忖度着："人为什么要一日三餐呢？大家都板着面孔吃饭，就俨然成了一种仪式。全家老小，一日三餐，在规定的时间内聚集到阴暗的屋子里，井然有序地摆好饭菜，即便没有食欲，也得低着头，一声不吭地嚼着饭粒，这或许是为了向蛰居于家中的神灵们进行祈祷的一种仪式吧。"

"人不吃饭就会饿死"，这句话在我听来，无异于一种讨厌的恐吓，但这种迷信（即使到今天，我依旧觉得这是一种迷信）却总是带给我不安与恐惧。"人因为不吃饭就会饿死，所以才不得不干活，不得不吃饭。"——在我看来，没有比这句话更晦涩难懂，更带有威吓性的言辞了。

总之，我对人类的营生仍旧迷惑不解。自己的幸福观与世上所有人的幸福观格格不入，这使我深感不安，并因为这种不安而每夜辗转难眠，呻吟不止，乃至精神发狂。我究竟是不是幸福呢？说实话，尽管打幼小时起，我就常常被人们称为幸福之人，可我却总觉得自己身陷于地狱之中。反倒认为，那些说我幸福的人远比我快乐，让我望尘莫及。

我甚至认为，自己背负着十大灾难，即使将其中的任何一个交给别人来承受，也会将他置于死地。

总之，弄不明白。别人苦恼的性质和程度，都是我捉摸不透的谜。实用性的苦恼，仅凭吃饭就能一笔勾销的苦恼，或许才是最强烈的痛苦，是惨烈得足以使我所列举的十大灾难显得无足轻重的阿鼻地狱吧。但对此我却一无所知。尽管这样，他们却能够不思自杀，免于疯狂，纵谈政治也毫不绝望，不屈不挠，继续与生活搏斗，几时痛苦过呢？他们让自己成为彻底的利己主义者，并视其为理所当然，又几时怀疑过自己呢？倘若如此，不是很轻松惬意吗？然而，所谓的人不是全都如此，并引以满足的吗？我确实弄不明白……或许夜里酣然入睡，早晨就会神清气爽吧？他们在夜里都梦见了什么呢？他们一边款款而行，一边思考着什么呢？是金钱吗？绝不可能仅仅如此吧？尽管我曾听说过"人是为了吃饭而活着的"，但却从不曾听说过"人是为了金钱而活着的"。不，或许……不，就连这一点我也没法开窍。……越想越困惑，最终的下场就是被"唯有自己一个人与众不同"的不安和恐惧牢牢地攫住。我与别人几乎无从交谈。该说些什么，该怎么说，我都摸不着头脑。

于是，我想到了一个招数，那就是搞笑。

这是我对人类最后的求爱。尽管我对人类满腹恐惧，但是怎么也没法对人类死心。并且，我依靠搞笑这一根细线，保持住了与人类的一丝联系。表面上我不断地强装出笑脸，可在内心却是对人类拼死拼活地服务，命悬一线地服务，汗流浃背地服务。

从孩提时代起，就连家里人，我也猜不透他们活着有多么痛苦，又在想些什么。我只是心怀恐惧，对那种尴尬的氛围不堪忍受，以至于成了搞笑的高手。就是说，我在不知不觉之间变成了一个不说真话来讨好卖乖的孩子。

只要看看当时我与家人们拍下的合影，就会发现：其他人都是一本正经的表情，唯独我总是很奇怪地在歪着头发笑。事实上，这也是我幼稚而可悲的搞笑方式。

而且，无论家里人对我说什么，我都从不顶嘴。他们寥寥数语的责备，在我看来就如同晴天霹雳一般，使我几近疯狂，哪里还谈得上以理相争呢？我甚至认为，那些责备之辞乃是万世不变的人间

"真谛",只是自己无力去实践那种"真谛",所以才无法与人们共同相处。正因为如此,我自己既不能抗争也不能辩解。一旦别人说我坏话,我就觉得他们说得有理,是自己误解了别人的意思,所以只能默默地承受那种攻击,可内心却感到一种近于狂乱的恐惧。

不管是谁,遭到别人的谴责或怒斥,内心都会感到不爽。我却从人们动怒的面孔中发现了比狮子、鳄鱼、巨龙更可怕的动物本性。平常他们总是隐藏起这种本性,可一旦遇到某个时机,他们就会像那些温驯地躺在草地上歇息的牛,蓦然甩动尾巴抽死肚皮上的牛虻一般,在勃然大怒中暴露出人的这种本性。见此情景,我总是不由得毛骨悚然。可一旦想到这种本性也是人类赖以生存的资格之一,便对自身感到一阵绝望。

我一直对人类畏葸不已,并因这种畏葸而战栗。对自己作为人类一员的言行也毫无自信,只好将独自的懊恼深藏进胸中的小匣子里,将精神上的忧郁和过敏封存起来,伪装成天真无邪的乐天外表,把自己一步步地彻底打磨成搞笑的畸人。

无论如何都行,只要能让他们发笑。这样一来,即使我处在人们所谓的"生活"之外,也不会引起他们的注意吧。总而言之,不能有碍他们的视线。我是"无",是"风",是"空"。诸如此类的想法愈演愈烈,我只能用搞笑来逗家人们开心,甚至在比家人更费解更可怕的男佣和女佣面前,也拼命地提供搞笑服务。

夏天,我居然在浴衣里面套上一件鲜红的毛衣,沿着走廊走来走去,惹得家里人捧腹大笑,甚至连不苟言笑的长兄也忍俊不禁:

"喂,阿叶,那种穿着不合时宜哟!"

他的语气里充满了无限的爱怜。是啊,无论怎么说,我都不是那种不知冷热,以至于会在大热天里裹着毛衣四处乱窜的怪人。其实，我是把姐姐的绑腿缠在两只手臂上，让它们从浴衣的袖口中露出一截，以便在旁人看来，我身上像是穿了一件毛衣。

我父亲在东京有不少的公务，所以，他在上野的樱木町购置了一栋别墅，一个月中的大部分时间都在那里度过。回到家时，总是给家里人，甚至包括亲戚老表们，都带回很多的礼物。这俨然是父亲的一大嗜好。某一次，在上京前夕，父亲把孩子们召集到客厅里，笑着一一问每个小孩，下次他回来时，带什么礼物好，并把孩子们的答复一一写在了记事本上。父亲对孩子们如此和蔼可亲，还是很罕有的事情。

"叶藏呢？"

被父亲一问，我顿时语塞了。

一旦别人问起自己想要什么，那一刹那反倒什么都不想要了。这时，一个念头陡然掠过我的脑海：怎么样都行，反正这世上不可能有什么让我快乐的东西。同时，只要是别人赠与我的东西，无论它多么不合我的口味，也是不能拒绝的。对讨厌的事不能说讨厌，而对喜欢的事呢，也是一样，如同战战兢兢地行窃一般，我只是咀嚼到一种苦涩的滋味，因难以名状的恐惧感而痛苦挣扎。总之，我甚至缺乏力量在喜欢与厌恶之间择取其一。在我看来，多年以后，正是这种性格作为一个重要的因素，导致了我所谓的那种"充满耻辱的人生"。

见我一声不吭，扭扭捏捏的，父亲脸上泛起了不悦的神色，说道：

"还是要书吗？……浅草的商店街里，有人卖那种过年跳狮子舞用的面具呢。论大小嘛，正适合小孩子戴在头上玩，你不想要吗？"

一旦别人问我"你不想要吗",我就只好举手认输了,再也不可能用搞笑的方式来回答了。作为搞笑的滑稽演员,我已经不够资格。

"还是书好吧。"长兄一副认真的表情说道。

"是吗?"父亲一脸扫兴的表情,甚至没有记下来就"啪"的一声关上了记事本。

这是多么惨痛的失败啊!我居然惹恼了父亲。父亲的报复必定是很可怕的。如果不趁现在想想办法,可就不可挽回了。那天夜里,我躺在被窝里打着冷战思忖着,然后蹑手蹑脚地站起身走向客厅。我来到父亲刚才放记事本的桌子旁边,打开抽屉取出记事本,啪啦啪啦地翻开,找到记录着礼物的那一页,用铅笔写下"狮子舞"后,才又折回去躺下睡了。对于那跳狮子舞用的面具,我提不起半点兴趣,不如说还宁愿要书。但我察觉到,父亲有意送给我那种狮子面具,为了迎合父亲的意思,讨他高兴,我才胆敢深夜冒险,悄悄溜进了客厅。

果然,我这非同寻常的一招取得了预料中的巨大成功,得到了回报。不久,父亲从东京回来了。我在小孩的房间里听到父亲大声地对母亲说道:

"在商店街的玩具铺里,我打开记事本一看,咦,上面竟然写着'狮子舞'。那可不是我的字迹哪。那又是谁写的呢?我想来想去,总算是猜了出来。原来是叶藏那孩子的恶作剧哩。这小子呀,先前我问他时,他只是一个劲儿地吃吃笑着,默不作声,可事后却又想要得不得了。真是个奇怪的孩子呢。他装做什么都不知道,却自个儿一板一眼地写了上去。既然真的那么想要,直接告诉我不就得了吗?所以呀,我在玩具铺里忍不住笑了。快去把叶藏给我叫来吧。"

还有,我把男女用人们召集到西式房间里,让其中的一个男佣胡乱地敲打着钢琴琴键(虽说是偏僻的乡下,可这个家里却几乎应有尽有)。我则随着那乱七八糟的曲调,跳起了印第安舞蹈,逗得众人捧腹大笑。二哥则点上镁光灯,拍下了我的印第安舞蹈。等照片冲洗出来一看,从腰布的合缝处(那腰布不过是一块印花布的包袱皮罢了),竟露出了我的小雀雀。这顿时又引来了满堂的哄笑。或许这也可以称之为意外的成功吧。

每个月我都会订购不下十种新出的少年杂志,此外,还从东京邮购各种书籍,默默地阅读。所以,对"奇问奇答博士"呀,还有"什么东东博士"①呀,我都如数家珍。并且,对鬼怪故事、评书相声、江户趣谈之类的东西,也门门精通。因此,我常常一本正经地说些笑话,令家人哈哈大笑。

然而,说到学校呢?呜呼!我不禁一声长叹!

在学校里,我也开始受到了众人的尊敬。"受人尊敬",这概念本身就令我畏葸不已。我对"受人尊敬"这一状态进行了如下定义:近于完美地蒙骗别人,然后又被某一个全智全能之人识破真相,最终原形毕露,被迫当众出丑,以致生不如死。即使通过欺骗赢得了众人的尊敬,也肯定有人会看穿那种伎俩。不久,当人们从那个人口中了解到真相,发觉自己上当受骗之后,那种愤怒和报复将是怎样一种情形呢?即使稍加想象,也不由得毛发竖立。

我在学校里受到众人的拥戴,与其说是因为出生于富贵人家,不如说是得益于那种俗话所说的"聪明"。我自幼体弱多病,常常

---

① "奇问奇答博士"和"什么东东博士"都是《少年俱乐部》连载的《滑稽大学》中的人物。

休学一个月、两个月，甚至曾经卧床休息过一学年。尽管如此，我还是拖着大病初愈的身子，搭乘人力车来到学校，接受了学年末的考试，殊不知比班上所有人都考得出色。即使在身体健康时，我也毫不用功，即便去上学，也只是在课堂上一直画漫画，等到下课休息时，就把它们拿出来给班上的同学看，讲给他们听，逗得他们哄堂大笑。而上作文课时，我尽写一些滑稽的故事，即使被老师警告，也照写不误。因为我知道，其实老师正悄悄以阅读我的滑稽故事为乐呢。有一天，我按照惯例，用特别凄凉的笔调描写了自己某次丢人现眼的经历。那是在我跟随母亲去东京的途中，我把火车车厢通道上的痰盂当成尿壶，把尿撒在了里面（事实上，在去东京时，我并非不知道那是痰盂才出的丑，而是为了炫耀小孩子的天真无知，故意那么干的）。我深信，这样的写法肯定能逗得老师发笑，所以就轻手轻脚地跟踪在走向教员休息室的老师背后。只见老师一出教室，就随即从班上同学的作文中挑选出我的来，一边走过走廊，一边读了起来。他"哧哧"地偷笑着，不久便走进了教员休息室。或许是已经读完了吧，只见他满脸通红，大声笑着，还立刻拿给其他老师看。见此情景，我不由得心满意足。

淘气鬼的恶作剧。

我成功地让别人把这视为"淘气鬼的恶作剧"。我成功地从受人尊敬的恐惧中逃离了出来。成绩单上所有的学科都是十分，唯有品行这一项要么是七分，要么是六分，而这也成了家里人的笑料之一。

事实上，我的本性与那种淘气鬼的恶作剧是恰恰相反的。那时，我已在男女用人的教唆下做出了可悲的丑事，并遭到了他们的侵犯。如今我认为，对年幼者干出那种事情，无疑是人类所能犯下的罪孽中最丑恶最卑劣的行径。但我还是忍受了这一切，甚至觉得，自己仿佛就此洞悉了人类的另一种特质。我只能软弱地苦笑。如果我有说真话的习惯，那么，或许我就能毫不胆怯地向父母控告他们的罪行吧，可是，我却连自己的父母都不能完全了解。我一点也不指望那种"诉之于人"的方法。无论是诉诸父亲，还是母亲，也不管是诉诸警察，抑或是政府，最终难道不是照样被那些深谙世故之人的冠冕之辞所打败吗？

不公平是必然存在的，这是明摆着的事实。说到底，诉之于人就是枉费心机。我只能对真相一言不发，默默忍受，继续搞笑。

或许有人会嘲笑道："什么呀，你这不是对人类的不信任吗？嘿，你几时成了基督教徒？"事实上在我看来，对人类的不信任，并不一定就会直接通向宗教之路。包括那些嘲笑我的人在内，难道人们不都是在相互怀疑之中，将耶和华和别的一切抛在脑后，若无其事地活着的吗？记得是在自己幼小时发生的事。当时，父亲所属政党的一位名流到我们镇上来发表演说，于是男用人就带着我去剧场听讲。剧场里座无虚席，镇上所有与父亲关系亲近的人都悉数到场，使劲地鼓掌。演讲结束后，听众们三五成群地沿着雪夜的道路踏上了归途，信口开河地说着演讲会的种种不是，其中还掺杂着一个和父亲过从甚密的人的声音。那些所谓的"同志们"用近于愤怒的声调大肆品头论足，说什么我父亲的开场致辞拙劣无比，那位名人的演讲也让人云里雾里，不得要领，等等。更可气的是，那帮人居然顺道拐入我家，走进了客厅，脸上一副由衷的喜悦表情，对父亲说，今晚的演讲会真是获得了巨大的成功。甚至当母亲向男佣们问起今晚的演讲会如何时，他们也大言不惭地回答说："真是太有趣了。"而正是这些男佣们刚才还在回家途中叹息着说道："没有比演讲会更无聊的了。"

而这仅仅是其中一个微不足道的事例。双方相互欺骗，却又颇为神奇地毫发不伤，相安无事，好像没有察觉到彼此在欺骗似的——这种显得干净利落而又纯洁开朗的不信任案例，在人类生活中可谓比比皆是。不过，我对相互欺骗这类事并没有太大的兴趣。就连我自己也是一样，从早到晚都是依靠搞笑来欺骗着人们。对修身教科书上所说的正义呀、道德之类的东西，我不可能抱有太大的兴趣。在我看来，倒是那些彼此欺骗，却纯洁而开朗地活着，抑或是有信心如此活下去的人，才更令人费解。人们最终也没有教给我其中的妙谛。或许，如果明白了那些妙谛，我就不必再如此畏惧人类，不必拼命地讨好他们了吧。也更犯不着再与人们的生活相对立，去遭受每个夜晚的地狱所带来的痛楚了吧。总之，我没向任何人控诉那些男女用人所犯下的可憎罪孽，并不是出于我对人类的不信任，当然更不是缘于基督教的影响，而是因为人们对我这个名叫叶藏的人紧闭了信任的外壳。因为就连父母也不时向我展示出他们令人不解的部分。

然而，众多的女性却依靠本能，嗅出了我无法诉诸任何人的那种孤独的气味，以至于多年以后，这成了我被女人们乘虚而入的种种诱因之一。

就是说，在女人眼里，我是个能够保守住恋爱秘密的男人。

手记之二

在海岸边被海水侵蚀而成的汀线附近，并排屹立着二十多棵伟岸粗大的山樱树。这些树皮呈黑色的山樱树，每到新学年伊始，便与看似黏稠的褐色嫩叶一起，在蓝色大海的背景映衬下，绽放出格外绚丽的花朵。不久，待落英缤纷的时节，无数的花瓣便会纷纷落入大海，在海面上随波漂荡，然后又被浪涛冲回到海岸边。东北地区的某所中学，正是在这长着樱树的沙滩上就势建起了学校的校园。尽管我并没有好好用功备考，却也总算顺利考进了这所中学。无论是这所中学校帽上的徽章，还是校服上的纽扣，都印着盛开的樱花图案。

我家的一个远房亲戚就住在那所中学的附近。也正因为这个原因，父亲为我选择了那所面对大海和开满樱花的中学。我寄宿在那个亲戚家里，因为离学校很近，所以总是在听到学校敲响朝会的钟声之后，才飞快地奔向学校。我就是这样一个懒惰的中学生，但我依靠自己惯用的搞笑本领，在同学中的人气日益攀升。

　　这是我生平第一次远赴他乡生活，但在我眼里，陌生的他乡比起自己出生的故乡，是一个更让我心旷神怡的环境。这也许是因为我当时已把搞笑的本领掌握得天衣无缝，在欺骗他人时显得更加得心应手的缘故。当然，做这样的解释又何尝不可，但更为致命的原因分明还在于另一点：面对亲人和陌生人，身在故乡和他乡，其间难免存在着演技上的难度差异。而且，无论对哪位天才来说，包括圣子耶稣在内，不也同样会遇到这种难度上的差异吗？在演员看来，最难进行表演的场所莫过于故乡的剧场。如果是在五亲六戚聚集一堂的情况下，哪怕再高明的名优，恐怕也难施展不出演技来吧。然而我却在那里一路表演过来，并取得了相当大的成功。所以像我这样的老油子，来到他乡进行表演，自然是万无一失的。

　　我对人的恐惧，与先前相比，倒是有过之而无不及。这种恐惧在我的内心深处剧烈地蠕动着，而我的演技却日渐长进。我常常在教室里逗得同班同学哄然大笑，连老师也不得不一边在嘴上感叹着"这个班要是没有大庭，该是一个多好的集体啊"，一边用手掩面而笑。甚至那些嗓音如雷贯耳的驻校军官，我也能轻而易举地逗得他们扑哧大笑。

　　当我正要为彻底掩饰了自己的真实面目而暗自庆幸时，却冷不防被人戳了背脊骨。那个戳我背脊骨的人，竟然是班上身体最羸弱，面色铁青，五官浮肿的家伙。他穿着像是父兄留给他的破烂上衣，过于长大的衣袖让人联想到圣德太子①。他的功课更是一塌糊涂，在军事训练和体操课时，总是在旁边观看，俨然就是一个白

---

① 圣德太子（574—622），日本古代著名政治家，对日本文化、宗教的发展做出了巨大贡献。

痴。就连我也从没想到有提防他的必要。

一天上体操课的时候,那个学生(他的姓氏我早已忘了,只记得名字叫竹一),也就是那个竹一,照旧在一旁观看,而我们却被老师吩咐进行单杠练习。我故意尽可能做出一本正经的表情,"啊——"地大叫一声,朝着单杠纵身一跃,就像是跳远那样向前猛扑过去,结果一屁股摔在了沙地上。这纯属是一次事先预谋好的失败,果然引得众人捧腹大笑。我也一边苦笑着,一边爬起来,掸掉裤子上的沙粒。这时,那个竹一不知何时已来到我旁边,捅了捅我的后背,低声咕哝道:

"故意的,故意的。"

我感到一阵震惊,做梦也没有想到,竹一竟然识破了我假摔的真相。我仿佛看见世界在一刹那间被地狱之火裹挟着,在我眼前熊熊燃烧起来。我"哇"地大叫着,使出全身的力量来遏制住近于疯狂的心绪。

那以后,我每天都生活在不安与恐惧之中。

尽管我表面上依旧扮演着可悲的滑稽角色来博取众人一笑,但有时候,也会情不自禁地发出重重的叹息。无论我再干什么,都已被竹一识破真相,并且他还会很快到处透露这一秘密——想到这儿,我的额头上就直冒汗珠,像狂人一般用奇怪的眼神审视着四周。如果可能的话,我巴不得全天候寸步不离地监视竹一,以免他随口泄露了秘密。而且我暗自打着如意算盘,要在我缠着他不放的这期间,想尽一切办法让他相信,我的搞笑并不是刻意为之的"伎俩",而是自然发生的真实行为。我甚至打定主意,希望一切顺利的话,成为他独一无二的密友。倘若这一切办不到的话,那我便只能祈盼他的死亡。不过,我却并没有要杀死他的念头。在过往的生涯中，我曾无数次祈盼自己被人杀死，却从未动过杀死别人的念头。这是因为我觉得，那样做反而只会造福于可怕的对手。

为了使他驯服就范，我首先在脸上堆满伪基督徒式的"善意"微笑，将脑袋向左倾斜三十度左右，轻轻搂抱住他瘦小的肩膀，用嗲声嗲气的肉麻腔调，三番五次地邀请他到我寄宿的亲戚家中去玩，但他总是一副发呆的眼神，闷声不响。不过，一个放学后的傍晚，我记得是在初夏时节吧，天上陡然下起了黄昏的骤雨，学生们都为如何回家大伤脑筋。因为我亲戚家离学校很近，所以，我并不在意地就要冲出门外。这时，我蓦然看见了竹一，他正满脸颓丧地站在门口木屐箱的后面。"跟我走吧，我把伞借给你。"我说道，一把拽住怯生生的竹一，一起在骤雨中飞跑起来。到家后，我请婶婶替我们俩烘干淋湿的衣服，而我则成功地把竹一领到了自己在二楼的房间里。

我的这家亲戚是一个三口之家，有一个年过五十的婶婶，一个三十岁左右、戴着眼镜、体弱多病的高个子姐姐（她曾出嫁过一次，后来又回到了娘家。我也跟着这个家里的其他人，管她叫"阿姐"），和一个最近才从女校毕业，名叫"节子"的妹妹。她和姐姐大不相同，个头娇小，长着一张圆脸。楼下的店铺里，只陈列着少量的文具和运动用品等，其主要收入似乎来源于过世的主人所留下的那五六排房屋的租金。

"耳朵好疼呀。"竹一就那么一直站着，说道。

"雨水灌进耳朵才发疼的吧。"

我一看，发现他的两只耳朵都害了严重的耳漏病，眼看着脓水就要流出耳廓外了。

"这怎么行呢？很疼吧？"我有些夸张地做出惊讶状，"都怪我在大雨中把你拽出来，害你成这样，真是对不起啊。"

我用那种近于女人腔的"温柔"语调向他道歉，然后跑到楼下拿来棉花和酒精，让竹一的头枕在我的膝盖上，体贴入微地给他清理耳朵。好像就连竹一也没有察觉到，这是一种伪善的诡计。

"你呀，肯定会被女人迷恋上的！"竹一头枕着我的膝盖，说了一句愚蠢的奉承话。

很多年以后我才知道，他的这句话就像是恶魔的预言一样，其可怕的程度是竹一也没有意识到的。什么"迷恋""被迷恋"，这些措辞本身就是粗俗不堪而又戏谑的说法，给人一种矫情的感觉。无论多么"庄严"的场合，只要让这些词语一抛头露面，忧郁的伽蓝就会顷刻间分崩离析，变得平淡无奇。但如果不是使用"被迷恋上的烦恼"之类的俗语，而是使用"被爱的不安"等文学术语，似乎就不至于破坏忧郁的伽蓝了。想来真是很奇妙。

我给竹一清理耳朵里的脓血时，他说了"你呀，肯定会被女人迷恋上的"这句愚蠢的奉承话。当时，我听了之后，只是满脸通红地笑着，一句话也没有回答，可实际上，我暗地里也认为他的话不无道理。然而，面对"被迷恋"这样一种粗俗说法所产生的矫情氛围，承认"他的话不无道理"，这无异于是在抒发自己愚蠢的感想，就算拿来当作相声里那些白痴少爷的对白也远不够格。所以，我是不会抱着那种戏谑的矫情心理来承认"他的话不无道理"的。

在我看来，人世间的女性不知比男性要费解多少倍。在我们家里，女性的数量是男性的好多倍，而且在亲戚家中也是女孩子居多，还有前面提到过的那些"犯罪"的女用人。我想甚至可以说，自幼时起，我便几乎是在女人堆中长大的。尽管如此，我却一直是怀着如履薄冰的心情与女人们打交道的。我对她们的心思一无所知,如同坠入五里雾中,不时会误踩虎尾,遭受重创。这与从男性那儿受到的鞭笞截然不同,恍若内出血一般引人不快,还会铸成内伤,难以治愈。

女人有时和我形影不离,有时又对我弃之不理。当着众人的面她蔑视我,羞辱我,而一旦背着大家,她又拼命地搂紧我。女人像死去般酣睡,让人怀疑她们是为了酣睡而活着的。我从幼年时代起就对女人进行了种种观察,尽管同属于人类,可女人分明是一种与男人迥然相异的生物。而就是这种不可理喻、需要警惕的生物,竟出人意料地呵护着我。无论是"被迷恋"的说法,还是"被喜欢"的说法,都完全不适用于我,或许倒是"被呵护"这一说法更贴近我的实情。

在对待搞笑上,女人似乎比男人更显得游刃有余。当我扮演滑稽角色来搞笑时,男人们从不会哈哈大笑。而且我也知道,如果在男人面前搞笑时过于忘乎所以,肯定会招致失败的,所以总是惦记着见好就收。可女人却压根儿不知道什么叫"适可而止",总是无休无止地缠着我继续搞笑。为了满足她们那毫无节制的要求,我累得精疲力竭。事实上她们确实能笑。女人似乎能够比男人更贪婪地吞噬快乐。

在我中学时代寄宿的亲戚家中,一旦那对姐妹闲下来,总爱跑到我二楼的房间里来,每次都吓得我差点跳将起来。

"你在用功吗?"

"不,没有啦,"我余惊未了地微笑着,合上书本说道,"今天,学校里一个名叫'棍棒'的地理老师,他……"

从我嘴里迸出的都是一些言不由衷的笑话。

"阿叶,把眼镜戴上给我们看看!"

一天晚上，妹妹节子和阿姐一起到我房间来玩。在逼着我进行了大量的搞笑表演后，她们冷不防提出了这个要求。

"干吗？"

"甭管了，快戴上看看吧。把阿姐的眼镜拿来戴戴看！"

平常她总是用这种粗暴的命令口吻对我说话。于是，我这个滑稽小丑就老老实实地戴上了阿姐的眼镜。刹那间，两个姑娘笑得前仰后合。

"真是一模一样！和劳埃德①简直是一模一样！"

当时，哈罗德·劳埃德作为一名外国喜剧电影演员，在日本正风靡一时。

我站起身，举起一只手说道：

"诸位，此番我特向日本的影迷们……"

我试着模仿劳埃德的样子发表一通演讲，这更是惹得她们捧腹大笑。那以后，每当劳埃德的电影在这个镇上上演，我都是每部必看，私下里琢磨他的表情举止。

一个秋日的夜晚，我正躺着看书。这时，阿姐像一只鸟儿似的飞快跑进我的房间，猛地倒在我的被子上啜泣起来。

"阿叶，你肯定会救我的，对吧。这种家庭，我们还是一起出走的好，对不？救救我，救救我。"

她嘴里念叨着这些怪吓唬人的话，还一个劲儿地抽噎着。不过，我并不是第一次目睹女人的这种模样，所以，对阿姐的夸张言辞并不感到惊讶，相反，倒是对她那些话的陈腐和空洞感到格外扫兴。于是，我悄悄从被窝中抽身起来，把桌子上的柿子剥开，递给

---

① 劳埃德（1893—1971），美国电影喜剧演员。代表作有《只不过有点神经病》《安全放在最后》等。

了她一块。只见她一边啜泣着,一边吃起柿子来了。

"有什么好看的书没有?借给我看看吧。"她说道。

我从书架上给她挑选了一本夏目漱石的《我是猫》。

"谢谢你的款待。"

阿姐有些害羞地笑着,走出了房间。其实不光是阿姐,还有所有的女人,她们到底是怀着怎样的心情活着的呢?思考这种事情,对于我来说,甚至比揣摩蚯蚓的想法还要费事,更让人有一种阴森可怖的感觉。不过,唯有一点是我依靠幼时的经验而明白的:当女人像那样突然哭诉起来时,只要递给她什么甜食,她吃过后就会云开雾散。

节子有时甚至会把她的朋友也带到我房间来。我按照惯例,公平地逗大家发笑。等朋友们离去之后,节子必定会对朋友的不是大肆数落一番,诸如"她是个不良少女,你可得当心哪"之类的。倘若果真如此,不是用不着特意带到这里来吗?也多亏了节子,我房间的来客几乎清一色都是女性。

不过,这绝不意味着,竹一那句"你呀,肯定会被女人迷恋上的"的奉承话已经兑现。总之,我不过是日本东北地区的哈罗德·劳埃德罢了。而竹一那句愚蠢的奉承话,作为可憎的预言,活生生地呈现出不祥的兆头,还是在多年以后。

竹一还送给了我另一个重要的礼物。

"这是妖怪的画像哪。"

有一次,当竹一到我楼上的房间来玩时,得意扬扬地拿出一张原色版的卷头画给我看,这样说道。

"哎?!"我大吃了一惊。多年以后我才意识到:就是在那一瞬间里,决定了我未来的堕落之路。我知道,其实那不过是凡·高的自画像而已。在我们的少年时代,所谓法国印象派的绘画正广为流行,大都是从印象派的绘画开始学习鉴赏西洋绘画的,所以,一提起凡·高、高庚、塞尚、雷诺阿等人的画,即使是穷乡僻壤的中学生,也大都见识过它们的照相版。凡·高的原色版画作我也见过不少,对其笔法的妙趣和色彩的鲜艳颇感兴趣,我却从没想过,他的自画像是什么妖怪的画像。

"那这种画又怎么样呢?也像妖怪吗?"

我从书架上取下莫迪里阿尼①的画册,把其中一幅古铜色肌肤的裸体妇人画像拿给竹一看。

"这可了不得呀。"竹一瞪圆了眼睛感叹道。

"就像一匹地狱之马哪。"

"还是像妖怪吧。"

"我也想画画这种妖怪哪。"

对人感到过分恐惧的人,反倒希望亲眼见识更可怕的妖怪;越是对事物感到胆怯的神经质的人,就越是渴望暴风雨降临得更加猛烈……啊,这群画家被人类这种妖怪所伤害所恫吓,最终相信了幻影,在白昼的自然中栩栩如生地目睹了妖怪的存在。而且,他们并没有借助搞笑来掩饰自身的恐惧,而是致力于原封不动地表现自己看见的景象。正如竹一所说的那样,他们勇敢地描绘出了"妖怪的画像"。原来,这里竟然有我未来的同伴,这使我兴奋得热泪盈眶。不知为什么,我压低了嗓音,对竹一说道:

"我也要画,画那种妖怪的画像,画那种地狱之马。"

我从小学时代起就喜欢上了画画和看画,但我的画不像作文那

---

① 莫迪里阿尼(1884—1920),出生于意大利,是二十世纪上半叶巴黎画派的重要画家。

样受到周围人的交口称赞。因为我压根儿就对人类的语言毫不信任，所以，作文在我眼里就如同搞笑的寒暄语一般。尽管我的作文在小学和中学都逗得老师们前仰后合，但我自己并不觉得有趣。只有在绘画（漫画等则另当别论）上，我才按照自己的方式，对对象的表现方式煞费苦心。学校绘画课的画帖实在无聊透顶，而老师的画也拙劣无比，所以我不得不靠自己来胡乱地摸索各种表现形式。进入中学以后，我已经有了一套完整的油画画具，尽管我试图从印象派的画风中寻找出绘画技巧的范本，可自己画出的东西却俨然像彩色花纸工艺般平板、呆滞，不成样子。不过，竹一的一句话却启发了我，使我意识到自己以前对绘画的看法是完全错误的，它表现为一种幼稚和愚蠢，即竭力想把觉得美的东西原封不动地描绘为美。而绘画大师们利用主观的力量，对那些平淡无奇的东西加以美的创造，虽说他们对丑恶的东西感到恶心呕吐，却并不隐瞒自己对它们的兴趣，从而沉浸在表现的愉悦之中。换言之，他们丝毫也不为别人的看法所左右。我从竹一那儿获得了这种画法的原始秘笈。于是，我瞒着那些女性来客，开始着手制作自画像了。

一幅阴郁的画诞生了，连我自己都为之震惊。可这就是我隐匿在内心深处的真实面目。表面上我在开怀大笑，并引发人们的欢笑，可事实上，我却背负着如此阴郁的心灵。"又有什么办法呢？"我只好暗自肯定现状。但那幅画除了竹一之外，我没有给任何人看过。我不愿被人看穿自己搞笑背后的凄凉，也不愿别人突然间小心翼翼地提防起我来。我甚至担心，他们没有发现这便是我的本来面目，而依旧视为一种新近发明的搞笑方式，并把它当作一大笑料。这是最让我痛苦难堪的事情，所以，我立刻把那幅画藏进了抽屉的深处。

在学校的绘画课上，我收敛起了那种"妖怪式画法"，而仍旧采用先前那种平庸的画法，将美的东西原封不动地描绘成美的东西。

以前，我一直只是在竹一面前才若无其事地展示出自己动辄受伤的神经，因此，这一次的自画像也放心大胆地拿给了竹一看，结果，竟然得到了他的啧啧称赞。于是，我又接连不断地画了第二张、第三张妖怪的画像。竹一又送给了我另一个预言：

"你呀，肯定会成为一个了不起的画家哪。"

"肯定会被女人迷恋上""肯定会成为一个了不起的画家"，这是傻瓜竹一在我的额头上镌刻下的两大预言。随后不久，我便来到了东京。

我本来想进美术学校，但父亲对我说，早就打定主意让我上高中，以便将来做官从政，所以，作为一个天生就不敢跟大人顶嘴的人，我只好茫然地遵从了父命。父亲让我从四年级开始考东京的高中，而我自己也对濒临大海和满是樱花的中学感到了厌倦，所以不等升入五年级，在修完四年的课程后便考入东京的高中，开始了学校的寄宿生活。不料，学校寄宿生活的肮脏和粗暴让我避之不及，哪里还顾得上搞笑。我请医生开了张"肺浸润"的诊断书，搬出了学生宿舍，移居到上野樱木町的父亲别墅里。我根本过不了那种所谓的集体生活，什么青春的感动、什么年轻人的骄傲，这类豪言壮语只会在我耳膜里唤起一阵凛冽的寒气，使我与"高中生的蓬勃朝气"格格不入。我甚至觉得，不管教室，还是宿舍，都不啻被扭曲了的性欲的垃圾堆而已。我那近于完美无缺的搞笑本领在这里根本没有用武之地。

父亲在议会休会时，每个月只在别墅里待上一周或两周，所以，当父亲不在时，偌大的建筑物便只剩下了作为别墅管家的一对年迈夫妇和我三个人。我时常逃学，也没心思去游览东京（看来，我终究是看不成明治神宫、楠木正成①铜像、泉岳寺的四十七志士墓了），成天闷在家里读书画画。等父亲上京之后，我每天早晨都匆匆地赶往学校，但有时去本乡千驮木町的西洋画画家安田新太郎的画塾，在那里连续三四个小时地练习画素描。一旦搬出了高中的学生宿舍，即使我坐在学校的教室里听讲，也会有一种颇为败兴的感觉，仿佛自己是处在旁听生的特殊位置上。尽管这或许只是自己的一种偏见，但我更是懒得去学校了。在我看来，经过小学、中学、高中，我最终也没懂得何谓爱校之心，也从没想过要去记住学校的校歌。

不久，在画塾里，我从一个学画的学生那儿学会了酒、香烟、娼妓、当铺以及左翼思想之类的东西。尽管把这些东西排列在一起，可谓一种奇妙的组合，但的确是事实。

那个学画的学生名叫堀木正雄，出生在东京的庶民居住区，比我年长六岁。从私立美术学校毕业后，因家里没有画室，他就上这所画塾来继续学习西洋画。

"能借我五元钱吗？"

在此之前，只是有过照面，还从没有说过话。所以我有些张皇失措地掏出了五元钱。

"走啊，喝酒去吧。我请你喝。你这个象姑②。"

我无法拒绝他，被他拽进了画塾附近蓬莱町的酒馆中。而这就是我与他交往的开始。

---

① 日本南北朝时期的武将。
② 日本男妓。

"我早就注意到你了。瞧，你那种腼腆的微笑，正好是大有前途的艺术家所特有的表情哪。为了纪念我们的相识，来干一杯吧。——阿绢，这家伙该算得上是个美男子吧。你可不要被他迷住了哟。自从这小子来了画塾之后，害得我降格成了第二号美男子啦。"

堀木长着一张黝黑的端庄面孔，身上穿着像模像样的西装，脖子上系着素雅的领带，这种装束在学画的学生中是颇为罕见的。他还抹了发油，梳了个中分头。

置身于酒馆这种陌生的环境里，我心中只有不安。我局促地把两只胳膊忽儿抱紧，忽儿松开，露出一脸腼腆的微笑。可就在两三杯啤酒落肚之后，我却有种像是被解放了的莫名轻松感。

"我原本是想进美术学校的，可是……"

"哎呀，可没劲儿啦，那种地方真是没劲儿透了！我们的老师乃是存在于自然之中！存在于我们对自然的激情之中！"

但我对他所说的东西没有感到半点的敬意，只是暗自思忖到：这是个蠢货！他的画肯定蹩脚透顶，但作为一个玩伴，或许倒是最好的人选。这时，我才生平第一次见识了什么是真正的都市痞子。尽管与我的表现形式大相径庭，但在彻底游离于人世的营生之外，不断彷徨这一点上，他和我的确属于同类。而且，他是在无意识中进行搞笑，并对这种搞笑的悲哀浑然不知。而这正是他与我在本质上迥然相异的地方。

仅限于一块玩玩，仅限于把他当作玩伴来交往——我总是这样从心眼里蔑视他，耻于与他为伍。但在与他结伴而行的过程中，我却成了他的手下败将。

最初我一直认为他是个大好人，一个难得的大好人。就连对人感到恐惧的我，也彻底放松了警惕性，以为找到了一个领着我见识东京的好向导。说实话，要是我一个人的话，去搭电车时会对售票员犯怵；想去剧场看歌舞伎时，一瞧见大门口铺着红地毯的阶梯两侧站着引座小姐，就会望而却步；进餐厅就餐时，一看到悄悄站在自己身后等着收拾盘子的侍应生，就会胆战心惊。天哪，特别是买单时，就别提我那双颤巍巍的手了！当我买完东西结账时，不是因为吝啬小气，而是因为过度的紧张、过度的害臊、过度的不安与恐惧，我只觉得头昏眼花，世界蓦然变得漆黑一团，神志几近错乱，哪里还顾得上讨价还价，有时甚至忘记了接过找头，或是拿走买下的商品。我根本无法独自一人在东京街头漫步，所以，只好整日蜷缩在家中打发光阴。

可一旦把钱包交给堀木再一起出去逛街，情形就大不相同了，只见堀木大肆砍价，俨然是玩耍的达人，使极少的钱发挥出最大的功效。而且，他对街头昂贵的出租车一概敬而远之，因地制宜地选乘电车、公共汽车，抑或小型汽艇，利用最短的时间来抵达目的地，表现出非同一般的本事。他还对我实施现场示范教育，比如清晨从花街柳巷回家途中，顺路拐到某个餐馆，泡一个晨澡后，再点个豆腐锅配小酒，这不仅划算，还感觉很阔气奢华。他还告诉我，摊贩卖的牛肉盖浇饭和烤鸡肉串不仅价钱便宜，而且富于营养。他还满有把握地断言道，在所有的酒中间，要数电气白兰地①的酒劲儿上来得最快最猛。交给他来结账埋单，我从没感到一星半点的惶恐和不安。

和堀木交往的另一大好处在于：他完全无视谈话对方的想

---

① 浅草一家名叫神谷的酒吧所发明的以白兰地为基酒的鸡尾酒。

法，只顾自己听凭所谓激情的驱使（或许所谓的"激情"，就是要无视对方的立场），成天到晚地絮叨着种种无聊的话题，所以，完全用不着担心，我们俩在逛街疲倦了之后会陷入尴尬的沉默中。在与人交往时，我最介意的，就是唯恐出现那种可怕的沉默局面，所以，天生嘴笨的我才会抢先拼命地搞笑。然而，现在堀木这个傻瓜却无意中主动承担起了那种搞笑的角色，所以，我才可以对他的话充耳不闻，无须多加搭理，只要适时地笑着敷衍一句"怎么可能"便行了。

不久，我也渐渐地明白了：酒、香烟和妓女，乃是能帮助我暂时忘却对人的恐惧的绝妙手段。我甚至萌发了这样的想法：为了寻求这些手段，我可以不惜变卖自己的所有家当。

在我眼里，妓女这个种类，既不是人，也不是女性，倒像是白痴或者疯子。在她们的怀抱里，我反而能够高枕无忧，安然成眠。她们没有一丁点儿的欲望，简直达到了令人悲哀的地步。或许是从我这里发现了一种同类的亲近感吧，那些妓女常常向我表示出自然天成的好意，而从不让人感到局促不安。毫无算计之心的好意，绝无勉强之嫌的好意，对萍水相逢之人的好意，使我在漫漫黑夜之中，从白痴或疯子式的妓女们那儿，真切地看到了圣母玛利亚的神圣光环。

为了摆脱对人的恐惧，寻得一夜的休憩，我前往她们那里。可就在与那些属于自己"同类"的妓女玩乐时，一种无意识的讨厌氛围开始不知不觉地弥漫在四周，这是连我自己也没有想到的所谓"随赠附录"。渐渐地，那"附录"鲜明地浮出了表面。当堀木点穿了其中的玄机后，我不禁在愕然之余，心生厌恶。在旁人看来，说得通俗点，我经由娼妓的历练，近来在女人的修炼上大有长进。

据说，通过妓女来磨炼与女人交往的本领，是最为严苛而又最富成效的。我的身上早已漂漾着"风月场上的老手"的气息，女人们（不仅限于妓女）凭借本能嗅到了这种气息，并趋之若鹜。人们竟把这种猥亵的、极不光彩的氛围当作了我的"随赠附录"，以至于它比我试图获得休憩的本意显得更加醒目。

或许堀木是半带奉承地说出那番话的，却大有不幸而言中的势头。比如说，我就曾经收到过一个咖啡馆女人写给我的稚拙情书；还有樱木町邻居将军家那个二十岁左右的姑娘，会在每天早晨专挑我上学时，明明无事可做，却故意略施粉黛，在自己家门前进进出出；还有当我去吃牛肉饭时，即使我一言不发，那儿的女佣也会……；还有我经常光顾的那家香烟铺子的小姑娘，在递给我的烟盒中竟然也……还有，在去观赏歌舞伎时，那个邻座的女人……还有，当我在深夜的市营电车上因酩酊大醉而酣然入睡时……还有，从乡下亲戚家的姑娘那儿出乎意料地寄来了缱绻缠绵的相思信件……还有，某个不知何许人也的姑娘，在我外出时留给我一个手工制作的偶人……由于我相当消极退避，所以，每一次的罗曼史都是蜻蜓点水，停留于一些残缺的断片，没有任何更大的进展。但是，有一点却并非信口雌黄，具有不可否定的真实性，即在我身上的某个地方萦绕着某种可以供女人做梦的氛围。当这一点被堀木那样的家伙一语点破时，我感到一种近于屈辱的痛苦，同时，我对妓女的兴趣也倏然间消失了。

堀木出于爱慕虚荣和追赶时髦的心理（至今我也认为，除此之外，再也找不到任何别的理由了），某一天带着我去参加了一个叫作共产主义读书会的秘密研究会（大概是叫R·S吧，可我已记不清了）。也许对堀木这样的人来说，出席共产主义的秘密集会，也只是他领着我"游览东京"的一环罢了。我被介绍给那些所谓的"同志"，还被迫买下了一本宣传册子，听坐在上席的那个长相丑陋的青年讲授马克思的经济学说。然而，那一切在我看来，却是再明白不过的内容了。或许他的确言之有理，但在人的内心深处，分明存在着一种更加难以言喻的东西。称之为"欲望"吧，又觉得言不尽意，谓之曰"虚荣心"吧，也觉得语不及义，即使统称为"色情与欲望"，也仍旧词不达意。总之，尽管我也是云里雾里的，但我总认为，在人世的底层毕竟存在着某种绝不单纯是经济的、近于怪诞式的东西。我本来就对那种怪诞式的东西充满了恐惧，所以，尽管我对唯物论，就像水往低处流一样很自然地加以了肯定，却不能仰仗着它来摆脱对人的恐惧，从而放眼绿叶感受到希望的喜悦。不过，我却从不缺席地参加R·S（仅凭记忆，可能有误）。"同志"们俨然大事临头似的，紧绷着面孔，沉浸在诸如"一加一等于二"之类的初等算数式的理论研究中。见此情景，我觉得滑稽透顶，于是，发挥自己惯用的搞笑本领，以活跃集会上的气氛。或许是因为这个缘故吧，渐渐地研究会上那种拘谨刻板的氛围被缓解了，以至于我成了那个集会上不可或缺的宠儿。这些貌似单纯的人们认为我和他们一样单纯，甚至把我看成一个乐观而诙谐的"同志"。倘若事实果真如此，那我便是从头到尾地彻底欺骗了他们。我并不是他们的"同志"，但我每次必到，为大家提供作为"丑角"的搞笑服务。

这是因为我喜欢这样做，喜欢他们，但这未必可以归结为依靠马克思而建立起来的亲密感。

不合法，这带给了我小小的乐趣，不，毋宁说使我心旷神怡。其实，倒是世上称之为"合法"的那些东西才更加可怕（对此，我有某种无比强烈的预感），其中的复杂构造更是不可理喻。我不可能坐着，死守一个没有门窗的冰冷房间，就算外面是一片不合法的大海，我也要纵身跳进去，直到游得耗尽全力，一命呜呼。对我来说，或许这样还更轻松痛快些。

有个说法叫作"见不得人的人"，指的是那些人世间悲惨的败北者、背德者。我觉得自己打一出生便是一个"见不得人的人"。所以一旦遇到那些被世人斥之为"见不得人的人"，我的心就不由分说地变得善良温柔，而且这种"温柔"足以使我自己也如痴如醉。

还有一种说法叫作"狂人意识"。身在这个世上，我一生都被这种意识所折磨，但它又是我休戚与共的糟糠之妻。和它厮守在一起，进行凄寂的游戏，已构成了我生存方式的一种。俗话里还有种说法，叫作"腿有伤痕，没脸见人"。当我还在襁褓中时，我的伤痕便已赫然出现在我的一只腿上，随着长大成人，非但没有治愈，反而日渐加剧，甚至扩展到了骨髓深处。每个夜晚，我遭受的痛苦就如同千变万化的地狱，但是（这种说法说有些奇怪），那伤口却逐渐变得比自己的血肉还要亲密无间。在我看来，伤口的疼痛就仿佛是它鲜活的情感，甚而爱情的呢喃。对我这样的男人来说，地下运动小组的那种氛围令人出奇地安心和惬意。总之，与其说是那种运动的目的，不如说是那种运动的外壳更符合我的口味。堀木仅仅是出于闹着好玩的心理，把我带到那个集会上，把我介绍给了大家。其实他也就只去过那一次。他曾说过一句拙劣的俏皮话："马克思主义者在研究生产的同时，也有必要观察消费嘛。"所以他不去参加集会，而是一门心思拽住我到外面去考察消费状况。回想起来，当时存在着形形色色的马克思主义者：有像堀木那样出于爱慕虚荣、追赶时髦的心理而自诩为马克思主义者的人；也有像我一样仅仅因为喜欢那种"不合法"的氛围，便一头扎入其中的人。倘若我们的真实面目被马克思主义的真正信徒识破的话，那么，无论是堀木还是我自己，都无疑会遭到他们的愤怒斥责，并作为卑劣的叛徒而受到驱逐吧。但我和堀木却没有遭到开除的处分，特别是我，处在那种不合法的世界中，居然比身在绅士们的合法世界中更显得悠然自得，游刃有余，也更显得所谓的"健康"，以至于作为前途无量的"同志"，被委派了种种机密工作。他们夸张地给那些工作披上一层过于神秘的面纱，让人着实忍俊不禁。事实上，我对委派的工作从不拒绝，泰然自若地照单全收，也从不曾因举止反常而遭到"狗"（同志们都这样称呼警察）的怀疑或盘问。我总是一边搞笑，一边准确无误地完成他们所谓的"危险"任务（那帮从事地下运动的家伙常常是如临大敌一般高度紧张，甚至蹩脚地模仿侦探小说，显得过分警惕。他们交给我的任务全都是一些无聊透顶的东西，可却煞有介事地制造出紧张的气氛）。就我当时的心情而言，就算成为共产党员遭到逮捕，一辈子身陷囹圄，也绝不反悔。我甚至认为，与其对世人的"真实生活"感到恐惧，每个夜晚都在辗转难眠的地狱中呻吟叹息，还不如被关进牢房来得畅快和轻松。

在樱木町的别墅里，父亲忙于接待客人，或是外出有事，所以即使同住一个屋檐之下，我和他有时接连三四天也见不上一面。我总觉得父亲很难接近，严厉而可怕，因此琢磨着，是不是该搬出这个家，到外面去租个房子住。就在我还没来得及说出口时，从别墅的老管家那儿听说，父亲有意出售这栋房子。

父亲的议员任期就要届满了，想必其中还有种种理由吧，他无意继续参加选举。他还在老家建了栋养老的舍宅，似乎已对东京不再留恋。而我充其量就是一个高中生而已，或许在他看来，为了我而保留宅邸和佣人，是一种不必要的浪费吧（父亲的心思与世上所有人一样，不是我能明白的）。总之，那个家不久便转让给了别人，而我则搬到了一个老旧公寓的阴暗房间里，这个公寓名叫仙游馆，位于本乡的森川町。而没过多久，我便在经济上陷入了窘境。

在此之前，我总是每月从父亲那儿得到固定金额的零花钱。即使这笔钱马上告罄，可烟、酒、起司、水果等，家里都是应有尽有，而书、文具、衣服等其他东西，也都可以在附近的店铺里赊账，就算款待堀木吃碗荞麦面或者炸虾盖浇饭，只要是这条街上父亲经常光顾的餐馆，我都可以吃完后一声不响地甩手而去。

可现在一下子变成了在宿舍的独居生活，一切的一切都必须在每个月的定额汇款中开销，这让我一时慌了手脚。汇款依旧是在两三天内便花个精光，我感到不寒而栗，因心中无底而变得几近发狂，轮流给父亲、哥哥、姐姐又是打电报，又是写长信，催他们快点寄钱给我（信中所写之事，几乎纯属搞笑的虚构。窃以为，要想求助于他人，其上策乃是逗人发笑）。另外，我在堀木的教唆下，开始频繁地出入于当铺，可照样手头拮据。

总而言之，我缺乏那种在无亲无故的宿舍中独立"生活"的能力。我感到兀自一人待在宿舍房间里是那么可怕，仿佛顷刻间就会遭到谁的袭击或者暗算似的，不由自主地飞奔到大街上，要么去帮助地下运动，要么和堀木一起到处找廉价酒馆喝酒。学业和绘画也给荒废了。在进入高中后翌年的十一月份，发生了我和一个比我年长的有夫之妇的殉情事件，从而彻底改变了我的命运。

我上学经常缺席，学习也毫不用功，但奇怪的是，每次考试都深谙答题的窍门，所以一直瞒过了老家的亲人。然而没过多久，终因旷课太多，学校秘密地通知了身在故乡的父亲。作为父亲的代理人，大哥给我寄来了一封措辞严厉的长信。不过，比起这封信，倒是经济上的困境和地下运动交给我的任务给我带来了更直接也更剧烈的痛苦，使我无法以半带游戏的心态来泰然处之。我当上了不知叫中央地区，还是什么地区——反正包括了本乡、小石川、下谷、神田那一带——所有学校的马克思学生行动队队长。听说要搞武装暴动，我买了一把小刀（现在想来，那不过是一把纤细得连铅笔都削不好的水果刀），把它塞进雨衣的口袋中四处奔走，以进行所谓的"联络"。真想喝了酒大睡一场，可手头却没有钱。而且，从P那儿（我记得，P就是党的暗语，不过，也可能记忆有误）不断有任务下达而来，使我甚至得不到喘息的机会。凭我这副孱弱多病的身子骨，实在是吃不消了。本来，我就仅仅是因为对"不合法"有兴趣才参与这种小组活动的，如今一旦假戏真做，忙得手忙脚乱，我就禁不住在心中对P内的人嘀咕道：你们有没有搞错呀？那些任务交给你们的嫡系成员，不好吗？——于是，我选择了逃避。逃避果然不是件愉快的事儿，我决定一死了之。

那时，恰好有三个女人对我表现出特别的关心，其中一个是我寄宿的仙游馆老板娘的女儿。每当我在忙完地下运动后身心疲惫地回到房间，饭也不吃就躺了下来时，那姑娘总是会拿着便笺和钢笔走进我的房间，说道：

"对不起，楼下弟弟妹妹们吵死人了，害得我都没法写信。"

说罢，她就在桌子旁坐下来，一口气写上一个多小时。我原本可以佯装什么都不知道地兀自躺着，可那姑娘的神情好像是希望我开口说点什么似的，所以，我又像往常一样发挥了那种被动的服务精神。事实上我一句话也不想说，可还是让疲惫不堪的身体强打起精神来，趴在那儿一边吸烟，一边"嗯嗯唔唔"地敷衍着。

"听说呀，有个男人，用女人寄来的情书烧水洗澡。"

"哎呀，那可真讨厌哪。是你吧？"

"不，我嘛，只用情书煮过牛奶喝。"

"真是荣幸。那你就喝吧。"

我暗自忖度着：这人怎么还不快点回去？写什么信啊，不是明摆着在撒谎吗？其实，不过就是在那儿鬼画桃符罢了。

"把你写的信给我瞧瞧！"

事实上我宁死也不想看。谁知这样一说，她竟连声嚷嚷道："哎呀，真讨厌，哎呀，真讨厌。"她那兴奋的模样真是有失体面，让我大倒胃口。于是我想打发她去干点事。

"对不起，你能不能去电车道路旁的药店，给我买点安眠药？我太累了，脸上发烫，却反倒睡不着。对不起，钱嘛……"

"行啊，钱好说。"

她愉快地起身走了。打发女人去办事，绝不会惹她不高兴。恰恰相反，如果男人拜托女人去做事，她是会很开心的。对这一点我可是了然在心。

另一个女人则是女子高等师范学校的文科学生，一个所谓的"同志"。因地下运动的关系，就算不愿意，我和她都得每天碰面。等碰头会结束以后，这个女人总是跟在我后面，不停地买东西给我。

"你就把我当作你的亲姐姐好啦。"

她这种酸溜溜的说法搞得我毛骨悚然。我做出一副不乏忧郁的微笑表情，说道：

"我正是这么想的哪。"

总之，我深知，激怒女人是很可怕的。我心中只有一个想法，就是要千方百计地敷衍过去。因此，我只得好好伺候这个丑陋而讨厌的女人，让她买东西给我（其实，都是些品位粗俗的东西．我大都当即转手送给了烤鸡肉串店的老板），并装出兴高采烈的样子，开玩笑逗她高兴。一个夏天的夜晚，她缠着我怎么也不肯离去。为了打发她早点回去，在街头一个阴暗的角落里，我亲了她。谁知她是那么厚颜无耻，竟然欣喜若狂，当即叫了一辆计程车，把我带到了一个狭窄的西式房间里。这房间是他们为了地下运动而秘密租借的办公室。在那里，我和她一直折腾到第二天早晨。"真是个荒唐透顶的姐姐"，我不禁暗自苦笑道。

无论是房东家的女儿，还是这个"同志"，都不得不每天见面，所以，不可能像从前遇到的那些女人一样巧妙地避开。出于自己惯有的那种不安心理，我反而拼命地讨好这两个女人，结果让自己被束缚得一动也不能动。

在同一时候，我从银座一个大型酒吧的女招待那儿，蒙受了意想不到的恩惠。尽管只是一面之交，但因囿于那种恩惠，我同样感到一种被束缚得无法动弹的忧虑和恐惧。那时，我已毋须再借助堀木的向导，就可以摆出一副老油子的架势来了，比如可以一个人去乘坐电车，或是去歌舞伎剧场，抑或穿着碎花布的和服光顾酒吧了。在内心深处，我依旧对人类的自信和暴力深感疑惑、恐惧和苦恼，但至少在表面上，可以和其他人一本正经地进行寒暄了。不，不对，尽管就我的本性而言，如果不伴随着败北的丑角式苦笑，就无法与别人寒暄，但现在我总算好歹磨炼出了一种"伎俩"，可以忘掉一切，向人结结巴巴地寒暄一气了。莫非这应归功于我为地下运动四处奔波的结果？抑或是归功于女人，或者酒精？或许应该主要归功于经济上的窘境吧。无论在哪儿，我都会感到恐惧。可要是在大型酒吧里，被一大群醉鬼或者女招待、侍应生包围着，能够暂时忘却那种恐惧的话，那么，我这不断遭到追逐的心灵，不是也能获得片刻的宁静吗？我抱着这样的想法，揣上十块钱，一个人走进了银座的大型酒吧里。我笑着对女招待说道：

"我身上只有十块钱，你就看着办吧。"

"你放心好了。"

她的口音里夹杂着一点关西腔。而且，她的这句话竟然奇妙地平息了我这颗心的悸动。这倒不是因为她的话化解了我对钱的担忧，而是化解了我待在她身边所感到的担忧。

我喝起酒来。因为我对她相当放心，所以，反倒无心扮演小丑来搞笑了，只是不加掩饰地展示出自己沉默寡言和悒郁凄凉的天性，一声不吭地呷着酒。

"这些菜，你喜欢吗？"

那女人把各种菜肴摆放在我面前，问我。我摇摇头。

"只想喝酒，是吧？那我也陪你喝吧。"

那是一个寒冷的秋夜。按照常子（我记得是叫这个名字，但记忆已经模糊了。瞧，我这人竟然连一起殉情自杀的人叫什么名字，都忘记了）吩咐的那样，我在银座背街的一家露天寿司摊上，一边吃着难以下咽的寿司，一边等她。（虽说忘了她的名字，可不知为何，那寿司难以下咽的味道，竟清晰地留在了我记忆里。那家寿司摊的老板长着一副黄颔蛇的脸相，脑袋已经秃顶。他摇头晃脑地捏着寿司，装着手艺高超的样子，那一幕至今仍历历在目。多年以后，好多次我乘坐在电车上，会突然觉得某张面孔似曾相识，想来想去，才想起原来与当时那个寿司摊的老板很像，于是不禁一阵苦笑。在那女人的名字和脸庞都从我的记忆中消隐而去的今天，唯有那寿司摊老板的面孔，我还能记得准确无误，甚至可以轻松地画出一张肖像画来。我想，这无疑是因为当时的寿司实在是难以下咽，甚至给我带来了寒冷与痛苦的缘故。说来，就算有人带我到美味的寿司店去品尝寿司，我也从没觉得好吃过。寿司实在是太大了。我常常想，难道不能捏成大拇指一般大小吗？）

她在本所①租借了木匠家二楼的一个房间。在这儿，我可以完全坦露自己阴郁的内心，一边喝茶，一边用单手捂住脸颊，仿佛遭到剧烈牙痛的袭击一般。不料，我的这种姿势似乎反倒赢得了她的欢心。她给人的感觉，就像是一个完全孤立的女人，周遭刮着凛冽的寒风，只有落叶枯枝在四处飞舞。

我一边躺着休息，一边听她唠叨自己的身世。她比我年长两岁，老家在广岛。她说道："我是有丈夫的人哪。原本他在广岛开了个理发店。去年夏天，我们一起背井离乡来到了东京，可丈夫在东京却没干什么正经事。不久，被判了诈骗罪，现在还待在监狱里哪。我呀，每天都要去监狱给他送点东西，但从明天起，我就再也不去了。"不知为什么，我这人天生就对女人的身世毫无兴趣，不知是因为女人的叙述方式拙劣，还是因为谈话不得要领，反正对于我来说，她们所说的话都不过是耳旁风。

真是寂寞啊。

比起女人连篇累牍的痛说家世，倒是这样一句短短的喟叹更能引发我的共鸣。尽管我一直期待着，却从没有从这个世上的女人那儿听到过这样的叹息。不过，眼前这个女人尽管没有用语言说过一

---

① 东京的一个地名。

句"真是寂寞啊",但她身体的轮廓中流淌着一种剧烈而无言的寂寞,就宛若一股一寸见方的气流,只要我的身体一靠近她,就会被那股气流牢牢地裹挟住,与我自己身上那种阴郁的气氛,恰到好处地交融在一起,宛若"枯叶落在水底的岩石之上",使我得以从恐惧和不安中抽身逃遁。

与躺在那些白痴妓女的怀中安然酣睡的感觉截然不同(首先,那些妓女是快活的),跟这个诈骗犯的妻子所度过的一夜,对于我来说,是获得了解放的幸福之夜(不假思索地在肯定意义上使用这样一种夸张的说法,我想,这在我的整篇手记中都是绝无仅有的)。

但也仅仅只有一夜。早晨,我睁眼醒来翻身下床,又变成了原来那个浅薄无知、善于伪装的滑稽角色。胆小鬼甚至会惧怕幸福,碰到棉花也会受伤。有时也会被幸福伤害。趁着还没有受伤,我想就这样赶快分道扬镳。于是,我又放出了惯用的搞笑烟幕弹。

"有句话叫'金钱耗尽,缘分两清',其实,对这句话的解释恰好被颠倒了。并不是说钱一用光,男人就会被女人甩掉。而是说,男人一旦没有钱,自个儿就会意志消沉,变得颓废窝囊,甚至连笑声都软弱无力,而性情也变得格外乖戾,最终破罐子破摔,自个儿主动甩了女人,近于半疯狂地甩掉一个个女人。据《金泽大辞林》上解释,就是这个意思哪。真可怜呀,我也多少懂得点那种心境。"

的确,我记得自己当时说了上述的那些蠢话,把常子逗得哈哈大笑。我觉得不宜久留,脸也没洗就跑了出来,可没想到,我当时胡编的那句"金钱耗尽,缘分两清"这句话,后来竟与我自己发生了意想不到的关联。

在此后的一个月里，我都没有去见那一夜的恩人。分手之后，随着日子的流逝，我的喜悦之情也逐渐淡漠，倒是蒙受了她恩惠这一点让我隐隐约约备觉不安，有一种强烈的被束缚感。甚至对酒吧里的所有消费都是由常子买单这种世俗的事情，也开始耿耿于怀了。常子最终也和房东的女儿、女子高等师范学校的那个女人一样，成了只会胁迫我的女人，所以即便远离了她，也还是对她满怀恐惧，而且我总觉得，如果再遇到那些与自己有过床笫之欢的女人，她们肯定会像烈火般勃然大怒，所以，我对再见到她们备感劳神。正因为我性格如此，所以，我对银座采取了敬而远之的态度。不过，这种怕劳神费力的性格绝不是源于我的狡黠，而是因为我还不大明白一个不可思议的现象：女人这种生物在生存时，是把前一天晚上的床笫之欢与第二天早晨起床之后严格区分开来的，就像是彻底忘却了其间的关联一样，干净利落地斩断了这两个世界之间的联系。

十一月末，我和堀木在神田的露天摊铺上喝廉价的酒。喝完这一台后，这个恶友坚持要再找另一个地方续摊。我们已经花光了手头的钱，可在这种情况下，他还硬是吵嚷着"喝呀，喝呀"。此时的我早已喝得醉醺醺的，胆子也变大了，说道：

"好吧，那我就带你去一个梦的国度。可别大惊小怪哟，那儿真可谓'酒池肉林'……"

"是一个大酒吧？"

"对。"

"那走吧。"

事情就这样定了，两个人一起坐上了市营电车。堀木兴奋得欢蹦乱跳，说道：

"今夜我好饥渴，好想要个女人哪。在那儿可以亲女招待吗？"

平常我是不大喜欢堀木摆出这种醉态的。堀木也知道这一点，所以又特意问了一句：

"可以吗？我要玩亲亲哟。坐在我旁边的女招待，我一定要亲给你瞧瞧。行不？"

"没问题吧。"

"太谢谢你了！我真的对女人很饥渴哪。"

在银座四丁目下车后，仗着常子的关系，我们身无半文地走进了那家堪称酒池肉林的大酒吧。我和堀木挑了一个空着的包厢相对而坐，只见常子和另一个女招待迅速跑了过来。那个女招待坐在了我身边，而常子则一屁股坐在了堀木身边。我不由得吃了一惊：眼看着常子就要被堀木亲吻了。

我倒并不觉得可惜。我这个人，本来就没有太强的占有欲，即使偶尔也有可惜的感觉，但也没有精力来与人抗争，大胆主张自己的所有权，以致在后来的某一天，我甚至眼睁睁地默默看着与自己同居的女人遭到别人的玷污。

我竭力避免介入人与人之间的芥蒂，害怕被卷入那样的漩涡。常子与我只不过是一夜的交情，她分明并不属于我。我不可能有觉得可惜的欲望，但我毕竟还是吃了一惊。

常子就在我面前接受着堀木猛烈的亲吻，我为常子的境遇感到可怜。这样一来，被堀木玷污过的常子或许就不得不与我分手了吧，而且，我也不具备足够的热情来挽留住常子。啊，事情被迫到此结束了。我对常子的不幸涌起了瞬间的惊愕，但随即又如同流水一般，坦然接受了这一切。我来回瞅着堀木与常子的面孔，嗤笑了起来。

但事态却意想不到地恶化了。

"还是得了吧！"堀木撇着嘴说道，"再怎么样，我也不至于和这种穷酸女人……"

他一副很委屈的表情，交叉着双臂，目不转睛地盯着常子，露出了苦笑。

"给我酒，我身上没钱。"我小声地对常子说道。我真想喝个烂醉。从所谓的世俗眼光来看，常子的确是一个丑陋而贫穷的女人，甚至不值得醉汉亲吻。我突然有种五雷轰顶的感觉。我喝呀，喝呀，从没喝过这么多酒，直到烂醉如泥，与常子面面相觑，悲哀地微笑着。经堀木那么一说，我真的觉得，她不过是个疲惫不堪而又贫穷下贱的女人，可与此同时，一种同病相怜的亲近感却又油然而生（我至今仍旧认为：贫富之间的矛盾尽管貌似陈腐，却是戏剧家笔下永恒的主题之一）。我发现常子是那么可爱，以至于我生平第一次觉察到，有种微弱却积极主动的爱情正萌动在心里。我吐了，吐得不省人事。喝酒喝到不省人事，这还是第一次。

醒来一看，常子坐在我枕边。原来，我是睡在了本所木匠家二楼的房间里。

"你说过'金钱耗尽，缘分两清'，我还以为是开玩笑来着。莫非你是真心说的？要不，你干吗不来了？要断绝缘分也并不那么容易。难道我挣钱给你用，还不行吗？"

"不，那可不行。"

然后，女人也躺下睡了。拂晓时分，从女人口中第一次冒出了"死"这个字眼。她早已被人世的生活折磨得筋疲力尽，而我一想到自己对人世的恐惧和生存的烦忧，还有金钱、女人、学业、地下运动等，似乎就再也无法忍耐着活下去了。于是，我不假思索地赞同了她的提议。

　　但当时我并没有真正做好去"死"的心理准备,其中的确隐含着某种"游戏"的成分。

　　那天上午,我和她踯躅在浅草的六区,一块儿走进了一家咖啡馆,各自喝了杯牛奶。

　　"你,先去把账结了吧。"

　　我站起身,从袖口里掏出小钱包,打开一看,里面仅有三块铜币。一种比羞耻更凄烈的情愫一下子攫住了我。我脑海里一闪而过的,是自己在仙游馆的那个房间,就是那个只剩下学生制服和被褥,再也没有任何东西可以送去典当的荒凉房间。除此之外,我所有的家当就只有穿在身上的碎花布和服与披风了。这便是我的现实。我清醒地意识到,自己已经走投无路。

　　看见我不知所措的样子,那女人也站了起来,瞅了瞅我的钱包,问道:

　　"哎?!就只有这么多?!"

　　尽管这句话有口无心,但分明有一种刺痛感穿透了我的骨髓。这是我第一次因爱人的一句话而备感痛苦。说到底,不是什么"钱多钱少"的问题,而是三枚铜币根本就不算是钱,它带给我从未咀嚼过的屈辱感,一种没脸再活下去的屈辱感。归根到底,那时的我还尚未彻底摆脱富家子弟这种属性吧。也就在这时候,我才真正作为一种实感做出了去死的决定。

　　那天夜里,我们俩一块儿跳进了镰仓的海面。那女人嗫嚅着"这腰带还是从店里朋友那儿借来的哪",随即解下来叠放在岩石上面。我也脱下披风,放在了同一块岩石上,然后双双纵身跳进了海水里。

女人死掉了，而我却得救了。

或许因为我是一个高中生，再加上家父的名字多少有些所谓的新闻效应吧，情死的事儿被当作重大事件刊登在报纸上。

我被收容在海滨的医院里，一个亲戚还专程从故乡赶来，处理种种后事。故乡的父亲和一家人都勃然大怒，很可能就此与我断绝关系，那个亲戚告诉我这些后就回去了。但我哪有心思顾及这些，只是想念着死去的常子，禁不住潸然泪下。因为在我迄今为止交往的人中间，我只喜欢那个贫穷下贱的常子。

房东的女儿给我寄来了一封长信，里面是她写下的五十首短歌。这些短歌的开头一句，全都是清一色的"为我活着吧"这样一种奇特的句子。护士们快活地笑着到我病房里来玩，其中有些护士总是在紧握过我的手之后才转身离去。

这所医院检查出我左肺上有毛病。这对我来说，倒是一件好事。不久，我被警察以"协助自杀罪"为名带到了警察局。在那里他们把我当病人对待，收容在特别看守室里。

深夜，在特别看守室旁边的值班室内，一个通宵值班的年迈警察悄悄拉开两个房间中央的门，招呼我道：

"冷吧，到这边来烤烤火吧。"

我故作无精打采地走进值班室，坐在椅子上烤起火来。

"到底还是舍不得那个死去的女人吧。"

"嗯。"我故意用小得几乎听不见的声音回答道。

"这就是所谓的人情吧。"

接着他渐渐摆开了架势，俨然一副法官的样子，装腔作势地问道：

"最初和那女人发生关系，是在哪儿？"

他当我是个小孩子，摆出一副审讯主任的派头，为了打发这个秋天的夜晚，企图从我身上套出什么近于猥亵的桃色新闻。我很快察觉到了这一点，拼命强忍住想笑的神经。尽管我也知道，对警察的这种"非正式审讯"，我有权拒绝做出任何回答，但为了给这漫长的秋夜增添一点兴致，我始终在表面上奇妙地表现出一片诚意，仿佛从不怀疑他是真正的审讯主任，以至于刑罚的轻重都完全取决于他的意志似的。我还进行了一番适当的"陈述"，以多少满足一下他那颗色迷迷的好奇心。

"唔，这样我就大体上明白了。如果一切都从实回答，我嘛，自然会酌情从宽处理的。"

"谢谢，还请您多多关照。"

真是出神入化的演技，这是一种对自己毫无益处的卖力表演。

天色已经亮了，我被署长叫了过去。这一次是正式审讯。

就在打开门走进署长室的当口，署长便发话了：

"哦，真是个好男儿啊。这倒怪不了你，怪只怪你的母亲，生下了你这样一个好男儿。"

这是一个皮肤微黑，像是从大学毕业的年轻署长。听他突如其来地这样一说，我不禁萌发了一种悲哀的感觉，恍若自己是个半边脸上长满了红斑的丑陋残疾人一样。

这个署长的模样就像是一个柔道选手或者剑道选手，他的审讯方式也显得干练而爽快，与那个老警察在深夜进行的隐秘而执拗的好色审讯相比，真可谓天壤之别。审讯结束后，署长一边整理送往检察局的文件，一边说道：

"你得好好爱惜身体哪。你吐血了吧？"

那天早晨我有些反常地咳嗽。一咳嗽，我就用手巾掩住嘴巴，只见手巾上就像是降了红色的霰子一般，沾满了血。但那并不是从喉咙里咯出来的血，而是昨天夜里我抠耳朵下面的小疙瘩时流的血。我突然意识到，不挑明其间的真相或许对我更为有利，所以只是低下头，机敏地回答道：

"是的。"

署长写完文件后说道：

"至于是否起诉，得由检察官来决定。不过，还是得用电报或电话通知你的担保人，让他到横滨检察局来一趟。总该有一个吧，诸如你的担保人或监护人之类的。"

我突然想起，我学校的担保人就是那个曾经经常出入于父亲别墅，名叫涩田的书画古董商。这个叫涩田的人，长得又矮又胖，是个年届四十的独身男人。他和我们是同乡，常常拍我父亲的马屁。他的脸，特别是眼睛，长得很像比目鱼，所以父亲总是叫他"比目鱼"，而我也跟着这么叫他。

我借助警察的电话簿，查到了"比目鱼"家的电话号码。我拨通了电话，请他到横滨检察局来一趟。没想到"比目鱼"活像摇身变了个人似的，说起话来装腔作势的，但还是答应了我的请求。

"喂，那个电话还是消下毒为好。没看见他吐血了吗？"

当我回到特别看守室坐下之后，听见署长正用大嗓门在这样吩咐警察。

午饭以后，我被他们用细麻绳绑住胳膊，与一个年轻警察一起，乘坐电车向横滨出发了。尽管他们准许我用披风遮住捆绑的部位，但麻绳的一端却被年轻警察紧握在手中。

不过，我并没有丝毫的不安，倒是对警察署的特别看守室和那个老警察依依不舍。呜呼，我怎么会沦落到这步田地呢？被作为犯人捆绑起来，竟然反而使我如释重负，万般惬意。即使此刻追忆起当时的情形，我也会禁不住变得心旷神怡。

但在那段时期所有令人怀念的往事中，唯有一次悲惨的失败记录。它令我不胜汗颜，终生难忘。我在检察局一个阴暗的房间里接受了检察官简单的审讯。检察官年纪四十岁左右，看起来像是一个性情温和、不乏气度的人（如果说我长得漂亮，那也无疑是一种邪恶淫荡的漂亮，但这个检察官的脸上却始终是一种聪慧而宁静的神情，使你不得不承认，那才是一种真正的漂亮）。所以，我情不自禁地彻底放松了警惕，只是心不在焉地叙述着。突然我又咳嗽了起来。我从袖口掏出手巾，蓦地瞥见了那些血迹。顿时，我涌起了一个浅薄的念头，以为或许我能把这咳嗽作为一种筹码来讨价还价。"咯，咯……"我夸张地大声假咳了两下，用手巾捂住嘴巴，顺势悄悄乜斜了检察官一眼。

"你是在真咳吗？"

他的微笑是那么宁静，我直冒冷汗。不，即使现在回想起来，我依旧会紧张得手足无措。中学时代，当竹一那个傻瓜说我是"故意的，故意的"，戳穿了我的把戏时，我就像被一脚踢进了地狱里一样。而如果说我这一次的羞愧远远超过了那一次，也绝非言过其实。那件事和这件事，是我整个生涯中演技惨败的两大记录，我有时甚至想：与其遭受检察官那宁静的侮辱，还不如被判处十年的徒刑。

被予以缓期起诉，我却高兴不起来。我心中满是悲凉，坐在检察局休息室的长凳上，等待担保人"比目鱼"来领我出去。

透过背后高高的窗户能望见晚霞燃烧的天空，一大群海鸥排成一个"女"字形，朝远处飞去。

手记之三

一

　　竹一的两大预言，兑现了一个，落空了一个。"被女人迷恋上"这一并不光彩的预言化作了现实，而"肯定会成为一个了不起的画家"这一祝福性的预言却归于泡影。

　　我仅成了一个蹩脚的无名漫画家，负责给不入流的杂志画粗俗的漫画。

　　由于镰仓的殉情事件，我遭到了学校的除名。于是，我不得不住进了"比目鱼"家二楼一间三铺席大的房子。每月从老家送来极少的生活费，并且不是直接寄给我，而是悄悄送到"比目鱼"手上（好像是老家的哥哥们瞒着父亲捎来的）。除此之外，我被断绝了与老家之间的所有联系。而"比目鱼"也总是板着一张脸，无论我怎样对他赔笑，他也一笑也不笑，与过去简直是判若两人，让我百思不得其解：人翻起脸来，怎么可能如此易如反掌？这令我感到可耻，不，毋宁说是滑稽。"比目鱼"一改过去的殷勤，只是对我反复叮嘱着同一句话：

"不准出去。总之，叫你不要出去。"

看来，"比目鱼"是认定我有自杀的嫌疑，换言之，认为我有可能追随那个女人投海自尽，所以才对我外出严加禁止的。我既不能喝酒，也不能抽烟，只能从早到晚蛰伏在二楼三铺席房间的被炉里翻翻旧杂志，过着傻瓜一样的生活，连自杀的力气也被销蚀殆尽了。

"比目鱼"的家位于大久保医专的附近，尽管招牌上堂而皇之地写着"书画古董商""青龙园"等，可毕竟只占了这栋房子两户人家中的一户。而且，店铺的门口也相当狭窄，店内落满了尘埃，堆放着很多的破烂货（本来，"比目鱼"就不是靠买卖这些破烂货为生的，而是大肆活跃于另一些领域，比如将某个"老板"的珍藏品转让给另一个"老板"以从中渔利）。他几乎从不呆在店里，而是一大清晨就绷着脸，急匆匆地出门去了，只留下一个十七八岁的小伙计守店。当然他也负责看守我。一有闲工夫，他就跑到外面去，和邻近的孩子们一起玩那种传接球游戏，俨然把我这个二楼上的食客当作了傻瓜或是疯子，有时还像大人般对我来一番说教。我天生就是一个不会与人争辩的人，所以只得做出一副疲惫不堪或是感激涕零的表情，聆听并服从他的说教。这小伙计是涩田的私生子，只是其间有些隐情，使得涩田没有和他以父子相称。而且，涩田一直独身未娶，似乎与此也不无关系。我记得过去也从家里人那儿听到过一些有关的传闻，但我对别人的事情本来就没有太大的兴趣，所以对其中的详情一概不知。但那小伙计的眼神确实让人联想起那些鱼眼珠来，所以，没准真的是"比目鱼"的私生子……设若如此，这倒也的确算得上一对凄凉的父子。夜深人静之时，他们常常瞒着二楼上的我，叫来荞麦面什么的，一声不响地吃着。

在"比目鱼"家里，一直是由这个小伙计负责主厨的。我这个二楼食客的饭菜，通常是由小伙计盛在托盘里送上来，而"比目鱼"和小伙计则在楼下四铺半席大的阴湿房间里匆匆忙忙地用餐，还一边把碗碟鼓捣得咔嚓作响。

在三月末的一个黄昏，或许是"比目鱼"找到了什么意料之外的赚钱门道，抑或是他另有计谋（即使这两种推测都没有错，至少也还有另一些我等之辈所无法推断的琐屑原因吧），他破例把我叫到了楼下的餐桌旁。桌子上竟然很罕见地摆放着酒壶和生鱼片，而且那些生鱼片不是廉价的比目鱼，而是昂贵的金枪鱼。就连款待我的主人家也大受感动，赞叹不已，甚至还向我这个茫然不知所措的食客劝了点酒。

"你究竟打算怎么办呢，这以后？"

我没有回答，只是从桌子上的盘子里夹起了一块干沙丁鱼片。看着那些小鱼身上银白色的眼珠子，酒劲便渐渐上来了。我开始怀念起那些四处游荡的时光，还有堀木。我是那么痛切地渴望起"自由"来了，以致差一点脆弱得掩面哭泣。

我搬进这个家以后，甚至丧失了逗笑的欲望，只是任凭自己置身于"比目鱼"和小伙计的蔑视之中。"比目鱼"似乎也竭力避免与我进行推心置腹的长谈，而我自己也无意跟在他后面向他诉说衷肠，所以我几乎完全变成了一个傻乎乎的食客。

"所谓缓期起诉，今后是不会成为人的前科的。所以，就凭你自己的决心便可以获得新生。若是你想洗心革面，正经八百地征求我的意见，那我自会加以考虑的。"

"比目鱼"的说法，不，世上所有人的说法，总是显得转弯抹角，含糊不清，其中有一种试图逃避责任似的微妙性和复杂性。对于他们那种近于徒劳无益的防范心理和无数的小小计谋，我总是感到困惑不已，最后只得听之任之，随他而去。要么我以滑稽的玩笑来敷衍塞责，要么我用无言的首肯来得过且过，总之，我采取的是一种败北者的消极态度。

多年以后我才知道，其实当时要是"比目鱼"像下面这样简明扼要地告诉我，事情就会是另一个样子，可是……我为"比目鱼"多此一举的用心，不，为世人们那不可理喻的虚荣心和面子观念，感到万般的凄凉和阴郁。

"比目鱼"当时要是这么直截了当地告诉我就好了：

"不管是官立的学校还是私立的学校，反正从四月开始，你得进一所学校。只要你肯进学校读书，老家就会捎来更充裕的生活费。"

后来我才了解到，事实上，当时情况就是这个样子的。若是那样，我是会言听计从的吧。但是，由于"比目鱼"那种过分小心翼翼、转弯抹角的说法，我反倒闹起了别扭，以至于我的生活方向也全然改变了。

"如果你没有诚心来征求我的意见，那我就无可奈何了。"

"征求什么意见？"我就像丈二和尚一样摸不着头脑。

"关于你心中想的一些事情罢了。"

"比如说？"

"比如，你自己打算今后怎么办？"

"还是找点活儿来干好吧？"

"不，我是问你自己究竟是怎么想的。"

"不过，即使我想进学校，也……"

"那也需要钱。但问题不在钱上，而在于你的想法。"

他为什么不挑明了说一句"老家会捎钱过来"呢？仅此一句话，我就会下定决心的。可现在我却坠入了五里雾中。

"怎么样？你对未来是否抱有希望之类的东西呢？照顾一个人有多难，这是受人照顾者所无法体会的。"

"对不起您。"

"这确实让我担心哪。我既然答应了照顾你，也就不希望你半途而废。我希望你拿出决心来给我看看，走上一条重新做人的道路。至于你将来的打算，如果你肯诚心诚意地告诉我，征求我的意见，我是愿意与你一同商量着办的。因为我'比目鱼'是个穷光蛋，能够给你的资助也有限，所以，如果你还奢望过从前那种大手大脚的生活，那你就想错了。不过，要是你的想法切实可行，明确制订出了将来的方案，并愿意找我商量，就算我帮不了多少，也还是愿意助你重振旗鼓的。你明白吗，我的良苦用心？说呀，你究竟以后打算怎么办？"

"如果您不愿意收留我，我就出去找工作来干……"

"你是真心那么说的吗？在如今这个世上，就算是帝国大学的毕业生也还……"

"不，我又不是去做什么公司职员。"

"那做什么呢？"

"当画家。"我一咬牙就说了出来。

"嘿？！"

"比目鱼"缩着脖子一阵嗤笑，他当时那狡黠的面影让我记忆犹新。那嗤笑的面影里，潜藏着一种近于轻蔑却又不同于轻蔑的东西。倘若把人世间比作一片大海,那么,在大海的万丈深渊里就分明曳动着那种奇妙的影子。我正是透过那种嗤笑,管窥了成年人生活的深层奥秘。

最后他说道:"如果是这样,那根本就没法谈了。你的想法一点也不靠谱。你再想想看吧,今晚你就好好地想一晚上吧。"听他这样一说,我就像是遭到追撵似的,赶紧爬上了二楼。躺着想啊想啊,也没想出什么别的主意。不久,天开始拂晓了。黎明时分,我从"比目鱼"家逃了出来。

"傍晚时我肯定回来。我去找下面这位朋友,商议将来的出路,请您不必为我担心。我保证。"

我用铅笔在便笺上写下上面的一番话。然后,又写下堀木正雄的姓名和在浅草的住址,悄悄地溜出了"比目鱼"家。

我并不是因为对"比目鱼"的说教感到懊恼,才偷跑出来的。正如"比目鱼"所说的,我是个想法一点不靠谱的男人,对将来的愿景完全没有头绪。如果一直待在"比目鱼"家当食客,未免对不起"比目鱼"。就算我发愤图强,立下宏志,可一想到每个月都得让并不富裕的"比目鱼"来资助我,顿时感到黯然神伤,痛苦不堪。

不过,我逃离"比目鱼"家,并不是真的想去找堀木之流商量什么"将来的出路"。我只是想让"比目鱼"暂且放下心来,才循着记忆,把堀木的住址和姓名随手写在了便笺的角落上(而我则可以趁机争取时间逃得再远一点,正是出于这种侦探小说式的策略,我才写下了那张留言条。不,不对,尽管不无这种心理,但更准确的说法或许是:我害怕自己冷不防带给"比目鱼"太大的打击,害得他惊惶失措。尽管事情的真相迟早要败露,但我还是惧怕直截了当地说出来，所以必须想办法掩饰。这正是我可悲的性格之一，尽管它与世人们斥之为"撒谎"而百般鄙弃的行径颇为相似，但我从不曾为了谋取私利而进行掩饰。我只是对气氛骤然变化所带来的扫兴感到近于窒息般的恐惧，所以，即使明知事后对自己不利，也必定会像往常一样，进行拼死拼活的服务。尽管这种"服务"是一种被扭曲了的、微不足道而又愚蠢至极的东西，但正是出于这种为人"服务"的精神，我才在许多场合下不由自主地加上一两句修饰语。然而，这种习惯却常常给世上的所谓"正人君子"们带来了可乘之机。

我离开"比目鱼"家，一直步行着来到新宿，卖掉了揣在身上的书。这下我真是穷途末路了。尽管我对每个朋友都友爱而和善，却从未真正体会过那种所谓的"友情"。像堀木这样的玩伴另当别论，所有的交往都只给我带来痛楚。为了排遣那种痛楚，我拼命地扮演丑角，累得精疲力竭。只要在大街上看到熟识的面孔，哪怕只是模样相似的面孔，我也会大吃一惊，被那种令人晕眩的痛苦战栗牢牢地攫住。即使知道别人喜欢自己，我也缺乏爱别人的能力（不过，对世人是否真的具备爱别人的能力，我持怀疑态度）。这样的我，不可能拥有所谓的"挚友"，再说，我甚至不具备走访朋友的能力。于我而言，他人的家门比《神曲》①中的地狱之门还要阴森可怕。这并非危言耸听，我真有这样的感觉：某种如可怕的巨龙般散发出腥臭的怪兽，正匍匐在别人家门内蠢蠢欲动。

我和谁都没有往来，我没地方可去。

还是去堀木那儿吧。

---

① 指意大利诗人但丁的《神曲》。

这是典型的假戏真做。我决定按照留言条上所写的那样，去走访住在浅草的堀木。在这之前，我从没主动走访过堀木家，大都是打电报叫他过来。可眼下，我连电报费也掏不出来了，更何况凭我这副潦倒之身，光发个电报，堀木恐怕也不会来见我吧。我决定来一次自己并不擅长的"走访"，叹息着坐上了电车。对于我来说，难道这世上唯一的救命稻草就是堀木吗？一想到这儿，一种冷彻脊梁的寒意便蓦地笼罩住了我。

堀木在家。他家是一栋两层的建筑，位于肮脏的胡同深处。堀木住在二楼的房间里，仅有六铺席大小。他年迈的父母和一个年轻的工匠正在楼下敲敲打打，缝缝补补，忙着制作木屐鞋带。

那天，堀木向我展示了他作为都市人的崭新一面，即俗话所说的老奸巨猾的一面。这个冷酷而狡诈的利己主义者，令我这样的乡巴佬瞠目结舌。原来，他远不是像我这样不断漂泊流转的男人。

"你真是让我大吃一惊哪。你家老爷子原谅你了吗？还没有？！"

我没敢说自己是逃出来的。

我像平常那样搪塞着。尽管马上就会被堀木察觉，但我还是敷衍道：

"总会有办法的。"

"喂，那可不是闹着玩的。就算是我对你的忠告吧，干傻事也该有个分寸。我嘛，今天还有点事呢，这阵子真是忙得不可开交。"

"有事？！什么事？！"

"喂，喂，你别扯断坐垫上的绳子好不。"

坐垫的四个角上都带有那种像稻穗般的细线，也不知道该说是线头子，还是绑绳儿。我一边说话，一边无意识地用指尖鼓捣着其中一根，还不时用劲地拉扯一下。看来，只要是家里的东西，就算是坐垫上的一根细线，堀木也爱惜无比，甚至不惜横眉竖眼地责备我，没有半点害羞。回想起来，在以前与我的交往中，堀木也从没吃过什么亏。

堀木的老母亲把两碗年糕小豆汤放在托盘上，送了上来。

"哎呀，您这是……"

堀木一副十足的孝子模样，在老母亲面前表现得诚惶诚恐，话语中也有几分不自然了：

"对不起，是年糕小豆汤吗？这也太奢华了。原本不必这么费心的，因为我们有事得马上出去哪。不过，一想到您特意做了拿手的年糕小豆汤，不吃未免太可惜了。那我们就喝了，你也来一碗，这可是我母亲特意做的哪。啊，这玩意儿真好喝。太奢华啦！"

他兴奋无比，津津有味地喝着，那神情也不完全像是在演戏。我也啜了一口小豆汤，只闻到一股白开水的味道。我又尝了尝年糕，觉得那压根儿就不是年糕，而是一种我所全然不知的莫名物体。当然，我绝对不是在这里蔑视他们家的贫穷（其实当时我并不觉得难吃，而且老母亲的心意也令我大为感动。即使我对贫穷有一种恐惧感，也绝没有什么轻蔑感）。多亏了那年糕小豆汤和因年糕小豆汤而兴高采烈的堀木，我才清楚地看到了都市人那节俭的本性，看到了东京人家庭那种内外有别、惨淡经营的真实面貌。我发现唯有愚蠢的我不分内外，接二连三地从人的生活中四处逃窜，甚至还遭到了堀木这种人的嫌弃。这怎不令我惶恐？我鼓捣着漆面剥落的筷子，一边喝年糕小豆汤，一边感到难以忍受的凄寂。我只想记录下当时的这种心情。

"对不起，我今天有点事，"堀木站起身，边穿上衣边说道，"我要先走一步了，真是对不起哦。"

这时，正好有一个女客人来拜访堀木。不料，我的命运也随之急转而下。

堀木一下子精神大振，说道：

"哦，真是对不起。我正寻思着要去拜望您哪。可谁知来了个不速之客。不过，没关系，喂，请进吧。"

他一副方寸大乱的样子。我取出自己身下的坐垫，翻个面递给他。他一把夺过去，又翻了个面，然后请那女人就座。房间里除了堀木的坐垫外，就只剩下一个坐垫供客人使用。

女人是一个瘦高个儿。她把坐垫往旁边挪了挪，在门口附近的角落上坐了下来。

我茫然地听着他们俩的谈话。那女人像是某个杂志社的人，貌似不久前约堀木画了什么插图，这一次是来取画稿的。

"因为急着用，所以……"

"已经画好了，而且是早就画好了。这就是，请过过目吧。"

这时，送来了一封电报。

堀木看了看电报。他原本兴高采烈的面孔一下子变得阴森起来。

"喂，你说说，这是怎么回事？"

原来是"比目鱼"发来的电报。

"总之，请你赶快回去。能亲自送你回去固然好，可我眼下实在没那工夫。瞧你，明明是从家里逃跑出来的，却一副满不在乎的表情。"

"您住在哪儿？"

"大久保。"我不由得脱口而出。

"那正好是在敝公司附近。"

那女人出生在甲州，今年二十八岁，带着快满五岁的女儿住在高圆寺的公寓里。据说她丈夫已去世快三年了。

"您一路长大，像是吃了不少苦头哪。怪不得很善解人意，也真够可怜的。"

从此，我第一次过上了男妾似的生活。在静子（这就是那个女记者的名字）去新宿的杂志社上班时，我就和她名叫繁子的五岁女儿一起看家。此前，当母亲外出时，繁子总是在公寓管理员的房间里玩耍，而现在来了个"善解人意"的叔叔陪她玩，她自然是很兴奋。

我在那儿稀里糊涂地待了一周左右。透过公寓的窗户，看见一只风筝绊在了不远的电线上。裹挟着尘土的春风把风筝吹得七零八落，但它却牢牢地缠在电线上不肯离去，就像是在不停地点头一般。每当看见这一幕，我都忍不住苦笑、脸红，甚至被噩梦魇住。

"我需要钱。"

"……需要多少？"

"需要很多很多……俗话说'金钱耗尽，缘分两清'，此话一点不假啊。"

"你犯什么傻呀，那不过是句从前的老话而已……"

"是吗？不过，你是不会明白的。照这样下去，没准儿我会逃走的。"

"到底是谁穷呢？又是谁要逃走呢？你还真是奇怪哪。"

"我要自己挣钱，用挣来的钱买酒，不，是买烟。就说画画吧，我也自认为比堀木画得好哪。"

这种时候，我脑子里会不由得地浮现出中学时代所画的那几张自画像，也就是竹一所说的"妖怪"。它们是被散佚的杰作。尽管在多次搬迁中遗落了，但我总觉得，唯有它们才称得上优秀的画作。那以后，我也尝试着画过各种画，但都远远抵不上那记忆中的杰作，以至于我总是被一种空荡荡的失落感所裹挟，恍若整个胸腔快要打开一个窟窿。

一杯喝剩的苦艾酒。

我就这样暗自描述那永远无法弥合的失落感。一提到画，那杯喝剩的苦艾酒就会在我眼前忽隐忽现。我被一种焦虑感搅得心神不宁。啊，真想把那些画拿给她看看。我要让她相信我的绘画才能！

"哼哼，怎么样啊？看你那样作古正经地开玩笑，还真是可爱哪。"

这不是开玩笑，而是真的！啊，我真想把那些画拿给她瞧瞧。我就这样徒劳地焦灼着。突然间，我改变主意，干脆断了那个念头，说道：

"漫画，至少画漫画，我自认为比堀木强。"

不曾想，这句用来搪塞的玩笑话，倒让她信以为真了。

"是啊，其实我也蛮佩服你的。你平常给繁子画的那些漫画，让我看了都禁不住扑哧大笑呢。你就试着画画看，怎么样？我也可以帮你拜托一下我们社的总编哦。"

她们杂志社发行的是一种没什么名气的月刊杂志，主要面向儿童。

"……一看到你，大部分女人都巴不得为你做点什么呢……因为你总是一副战战兢兢的样子，却又是一个出色的滑稽人物。……虽然有时候你显得茕茕孑然，郁郁寡欢，但正是那模样才更让女人为之心动哪。"

除此之外，静子还说很多奉承话来抬举我，可一想到那恰恰是属于男妾的可鄙特征，我就变得越发消沉，萎靡不振。我暗地里忖度着，金钱比女人更重要，我迟早会离开静子，去过自食其力的生活。我也为此煞费了苦心，可反倒越来越依赖静子了。包括我从"比目鱼"家出走的善后事宜等等，几乎全都由这个不让须眉的甲州女人一手操持，让我不得不在静子面前愈发"战战兢兢"了。

在静子的安排下，"比目鱼"、堀木以及静子进行了三方会谈，最终达成了协议：我就此与老家彻底决裂，而与静子"光明正大"地开始同居生活。在静子的多方奔走下，我的漫画也意外地赚了些钱，我就用那些钱来买酒和烟。谁知我的不安和抑郁却反而有增无减。我闷闷不乐，日渐消沉，在我为静子他们杂志画每月的连载漫画《金太郎与小太郎的冒险》时，竟突然想念起故乡的家人来。由于过分落寞，有时我会戛然停下手中的画笔，伏在桌子上泪流满面。

这种时候，能带给我些许安慰的，就只有繁子了。繁子已经毫不忌讳地把我叫作"爸爸"了。

"爸爸，有人说只要一祈祷，神就什么都会答应，这话可当真？"

说来，我倒是正需要这样的祈祷哪。

啊，请赐给我冷静的意志！请告诉我"人"的本质！一个人排斥欺侮另一个人，难道也不算罪过？请赐给我愤怒的面具！

"嗯，是的，对繁子嘛，神什么都会答应的。可是对爸爸呢，恐怕就不灵验了。"

我甚至对神也充满了恐惧。我不相信神的宠爱，而只相信神的惩罚。我觉得,所谓的信仰,不过就是为了接受神的鞭笞,而俯首走向审判台。就算可以相信地狱,也怎么也无法相信天国的存在。

"为什么不灵验呢?"

"因为爸爸违抗了父母之言。"

"是吗?可大家都说,爸爸是个大好人哪。"

那是因为我欺骗了他们。我也知道,这公寓里的人都对我表示出好感,可事实上,我是多么畏惧他们啊!我越是畏惧他们,就越是博得他们的喜欢,而越是博得他们的喜欢,我就越是畏惧他们,并不得不远离他们。可是,要向繁子说清我这种不幸的怪癖,显然困难至极。

"繁子,你究竟想向神祈祷什么呢?"我漫不经心地改变了话题。

"繁子我想要一个真正的爸爸呢。"

我吃了一惊,眼前一片晕眩。敌人,我是繁子的敌人?抑或繁子是我的敌人?总之,这里也有一个威胁着我的可怕大人。他人,不可思议的他人,尽是秘密的他人。顷刻间,我从繁子的脸上读出了这一切。

原以为只有繁子属于例外,没想到她身上也隐藏着"无意中抽死牛虻的牛尾巴"。打那以后,我在繁子面前也不得不提心吊胆了。

"色魔!在家吗?"

堀木又开始上这儿来找我了。在我从"比目鱼"家出走的日子里,他曾让我陷入那么孤寂的境地,可现在我却无法拒绝他,而只能笑脸相迎。

"不是听人说,你的漫画很受欢迎吗?像你这样的业余画家,倒很有点'初生牛犊不怕虎'的胆量啊。真拿你没辙。不过,也别得意忘形。就说你的素描吧,简直惨不忍睹呢!"

他在我面前摆出一副绘画大师的派头。要是把我那些"妖怪的画像"拿给他看,他会是怎样一种表情呢?我又像往常那样开始徒劳地焦躁起来。我说:

"你别那么说我,我都差点尖声大叫了。"

堀木越发得意起来:

"如果仅凭为人处世的才能,迟早有一天总会露馅哟。"

为人处世的才能……听他这么一说,我除了苦笑,无以对答。我居然具有为人处世的才能!有句俗话叫作"明哲保身,得过且过",这似乎成了一种处世训条。莫非我那种畏惧人类,唯恐避之不及,只能敷衍蒙混的性格,竟然与遵从这种处世训条的狡猾做法,在表现形式上竟然相同?啊,其实人们彼此互不了解,明明看错了对方,却自以为是对方唯一的挚友,一辈子都对事实真相浑然不觉。等对方死后,不是还要上门吊唁,痛哭流涕吗?

堀木算是我离开"比目鱼"家之后那些善后事宜的见证人(他肯定是在静子的央求之下,才勉强答应的),所以,他摆出一副助我重新做人的大恩人或月下老人的派头,煞有介事地对我说教,或是深更半夜喝得烂醉跑来借宿,或是开口找我借五块钱急用(每次都无一例外是五块钱)。

"不过,你玩女人也该到此为止了吧。再玩下去的话,世间是不会容忍的。"

所谓世间,又是什么呢?是人的复数吗?可哪儿有"世间"这个东西的实体呢?之前,我认为它是一种苛烈、严酷而且可怕的东西,并一直生活在这种想法中,如今听堀木那么一说,有句话差一点就迸出了我的喉咙口：

"所谓的世间，不就是你吗？"

我害怕激怒堀木，所以，话到嘴边又咽了回去。

（世间是不会容忍你的。）

（不是世间，而是你不会容忍吧。）

（如果那么做，世间会让你头破血流的！）

（不是世间，而是你吧。）

（你不久就会被世间埋葬。）

（不是被世间，而是被你埋葬吧。）

对自己的可怕、怪异、恶毒、狡诈和诡谲，你要有自知之明！——诸如此类的话语在我胸中你来我往。尽管如此，我却只能用手巾揩着汗涔涔的脸，笑着嗫嚅道：

"这是冷汗，冷汗！"

打那时候起，我萌发了一种堪称"思想"的念头：所谓的世间，不就是个人吗？

自从有了这个念头之后，与以前相比，我多少可以按照自己的意志行事了。借静子的话来说，我变得有点任性了，不再像以前那样战战兢兢。再借堀木的话来说，我变得出奇地吝啬和小气了。而借繁子的话来说，我不大宠着她了。

我变得不苟言笑，每天一边照看繁子，一边应各家杂志社之约（渐渐地，静子他们以外的出版社也开始向我约稿了，不过，都是些比静子他们杂志社还低俗的所谓三流出版社），画《金太郎与小太郎的冒险》，还有明显是模仿《悠闲爸爸》的《悠闲和尚》，以及《急性子小阿平》这类连自己也不知所云的连载漫画，其标题就充满了自暴自弃的意味。我满心忧郁，慢条斯理地画着（我的运笔速度算是相当缓慢的），以此来挣点酒钱。当静子从杂志社回到家里，这下就轮到我外出了。我阴沉着脸走出家门，在高圆寺车站附近的摊铺上，或者是简易的酒馆里，啜饮着廉价的烈性酒，等心情变好之后，才又回到公寓里。我对静子说：

"越看越觉得你的长相怪怪的。其实啊，悠闲和尚的造型就是从你睡觉时的模样中得到灵感的。"

"你睡觉时的模样，也显得苍老了很多耶。就像个四十岁的男人。"

"还不是都怪你，都被你榨干了。人生无常如水流，河畔柳枝何需愁。"

"别瞎闹了，早点休息吧。要不，给你来点饭？"她是那么镇定自若，压根不理睬我那一套。

"如果是酒的话，我倒想喝一点……，人生无常如水流……无常人生如流水，不，……人生无常如水流……"

我一边哼唱着，一边让静子给我脱衣。然后，我把额头埋在静子胸前，睡了过去。这便是我的日常生活。

  相同之事也反复发生在明日
  只需遵从与昨天同样的惯例
  只要避免过度的狂喜
  自然不会有悲哀造次
  蟾蜍总是会迂回前进
  躲开阻挡前方的路石

当我读到这首上田敏[①]翻译的夏尔·克罗的诗时，不禁满脸通红，就像火苗在燃烧。

蟾蜍。

（这就是我。世间对我已无所谓容不容忍，埋不埋葬了。我是比狗和猫更劣等的动物。是蟾蜍，只会趴在地上缓慢蠕动。）

我的酒量越来越大。不仅到高圆寺车站附近，也到新宿、银座一带去喝酒，有时还在外面过夜。为了避免"遵从与昨天同样的惯例"，我在酒吧里装出无赖汉的模样，抱着人乱亲一气，总之，我又回到了殉情之前的状态，不，成了比那时更粗野更卑贱的酒鬼。没钱可花时，还把静子的衣服拿去当掉。

自从我来到这个公寓，望着那破烂风筝露出苦笑后，已经过去了一年多。当樱花树长出嫩叶的时节，我悄悄偷走静子和服上的腰带和衬衫，拿到当铺去典当，然后用换来的钱去银座贪杯。我在外面连续过了两夜，到第三天晚上，毕竟觉得于心不安，无意识中蹑手蹑脚地走回到静子的住处。只听到里面传来静子与繁子的谈话声：

"干吗要喝酒？"

"爸爸可不是因为喜欢酒才喝的。只因他人太好了，所以……"

"好人就要喝酒吗？"

"倒也不是那样，不过……"

"爸爸准会大吃一惊的。"

"没准会讨厌呢。瞧，瞧，又从箱子里跳出来了。"

"就像漫画里的'急性子小阿平'一样。"

[①] 上田敏（1874—1916），日本诗人、翻译家，在介绍西欧文学上成绩卓著。

"说得也是。"

能听到静子那压低了嗓门,却发自肺腑的幸福笑声。

我把门推开一个缝,朝里瞅了瞅,原来是一只小白兔。只见小白兔在房间里欢蹦乱跳着,而静子母女俩正追着它玩。

(真幸福啊,她们俩。可我这个混蛋却夹在她们中间,总有一天会毁了她们。朴实的幸福。一对好母女。啊,倘若神能听见我这种人的祈求,哪怕一生中只有一次,我也祈求神能赐给她们母女俩幸福。)

我真想原地蹲下,合掌祈祷。我轻轻拉上门,又回银座去了。从那以后,我就再也没有回过那个公寓。

不久,我又寄宿在京桥附近一家小酒馆的二楼上,过起了男妾式的日子。

世间。我开始隐隐约约地明白世间的真相了。它就是个人与个人之间的争斗,而且是即时即地的争斗。只需要当场取胜即可。人是绝不会服从于他人的。即使是奴隶,也会以奴隶的方式进行卑屈的反击。所以,除了当场一决胜负之外,人不可能有别的生存之道。虽然人们口头上主张大义名分,但努力的目标毕竟属于个人。超越个人之后依旧还是个人。说到底,世间之谜也就是个人之谜。所谓的汪洋大海,实际上并不是世间,而是个人。想到这里,我多少从对世间这一大海之幻影的恐惧中解放了出来,而不再像从前那样,凡事谨小慎微,操心不尽。换言之,我多少学会了要厚颜无耻,以适应眼前的需要。

离开高圆寺的公寓后,我来到了京桥的一家小酒吧。"我和她分手了。"我只对老板娘说了这一句,便足够了。亦是说,一锤子就定了胜负。从那天夜里起,我便毫不客气地住进了那里的二楼。

尽管如此，那本该十分可怕的"世间"却并没有加害于我，而我自己也没有向"世间"进行任何辩解。只要老板娘不反对，一切便不在话下了。

我既像是店里的顾客，又像是店里的老板，也像个跑腿的侍从，还像是某个亲戚。在旁人眼里，我无疑是个来路不明的人。对此，"世间"却不足为怪，店里的常客们也"阿叶、阿叶"地叫我，对我充满了善意，还请我喝酒。

慢慢地，我对世间不再小心翼翼了。我渐渐觉得，世间这个地方并非那么可怕了。换言之，此前的那种恐惧感很有点杞人忧天的味道，就好比担心春风里有成千上万的百日咳细菌；担心澡堂里隐藏着成千上万导致人双目失明的真菌；担心理发店里潜伏着秃头病的病菌；担心火车车厢的吊带上蠕动着疥癣的幼虫；担心生鱼片和生烤的猪肉牛肉里埋伏着绦虫的幼虫、吸虫的虫卵等等；担心赤脚走路时会有小小的玻璃碴扎破脚心，而那玻璃碴竟会进入体内周身循环，戳破眼珠，使人失明等等。总之，我就像是被那种所谓的"科学迷信"吓破了胆似的。的确，从"科学"的角度看，所谓"成千上万的细菌在那儿蠕动"，或许确有其事吧。但同时我也开始懂得了：只要我彻底无视它们的存在，那么，它们也就成了与我毫无关联，并转瞬即逝的"科学幽灵"。人们常说，如果饭盒里吃剩三粒米饭，一千万人一天都剩下三粒，那就等于白白浪费了好几袋大米；还有，如果一千万人一天都节约一张擤鼻涕的纸，那么，将会汇聚成多大的一池纸浆啊。这种"科学统计"曾让我多么害怕啊。每当我吃剩一粒米饭，或是擤一次鼻涕时，我就觉得自己白白浪费了堆积如山的大米和纸浆。这种错觉死死地攫住我，使我黯然神伤，仿佛自己正犯下重大的罪孽一样。但这恰恰是"科学的谎言""统计的谎言""数学的谎言"。在黑灯瞎火的厕所里，人们踩虚脚掉进粪坑里，这种事的概率有多大呢？还有，乘客不小心跌进电车门与月台外缘的缝隙中，这种人的概率又是多少呢？统计这种概率性是愚蠢可笑的，同样，三粒米饭也不可能被汇集到一处。即使作为乘法和除法的应用题，这也是过于原始而低能的题目。尽管它的确有可能发生，但真正在厕所的毛坑上因踩虚脚而受伤的事例，却从没有听说过。然而，那样一种假设却作为"科学事实"灌输进了我的大脑里，直到昨天为止，我还完全把它作为现实来加以接受，并担惊受怕。我觉得自己是那么天真可爱，忍不住想笑。我开始一点点地了解"世间"的实体了。

尽管如此，人这种东西在我眼里仍旧十分可怕，要从楼上下去见店里的顾客，我必须得先喝杯酒给自己壮胆。可俗话说，越是害怕越想看，所以我每天晚上都去店堂里，像小孩子总是把自己害怕的小动物紧攥在手中一样，我开始在喝醉之后，向店里的客人吹嘘拙劣的艺术论。

漫画家。啊，我只是一个既无大悲亦无大喜的无名漫画家。我渴望着狂暴而巨大的欢乐，即使再大的悲哀接踵而至，我也在所不惜。尽管我心急如焚，但眼下的乐趣不外乎与客人闲聊神侃，喝客人请我喝的酒。

来到京桥以后，我已过了近一年这样无聊的生活。我的漫画也不再仅限于儿童杂志，而开始刊登在车站贩卖的猥亵杂志上。我以"上司几太"（情死未遂）[1]这个谐谑的笔名，画了一些下流的裸体画，并在其中插入了《鲁拜集》[2]中的诗句：

---

[1] "上司几太"与"情死未遂"在日语中谐音。
[2] 波斯诗人欧玛尔·海亚姆所著诗集，赞美肉欲之乐。

停止做那种徒劳的祈祷。
抛弃那诱发眼泪的一切。
来,干一杯吧,只想美妙的事物,
忘记一切多余的烦恼。

那用不安和恐怖威胁人的家伙,
惧怕自己制造的弥天罪恶,
为防备死者愤然复仇,
终日算计,不得安卧。

昨夜,我的心因醉意而充满欢欣,
今早醒来,却徒留一片凄清。
真是怪哉,相隔一夜,
我的心竟然判若两人!

别再想什么恶有恶报!
如同远方喧闹的鼓声,
那家伙莫名地不安和烦恼。
又怎能得救,倘若放屁也算罪行?

难道正义是人生的指针?
那么,在血迹斑斑的战壕
那暗杀者的刀锋上
又是何种正义在喧嚣?

哪里有指导我们的原理?
又是何种睿智之光在闪烁?
美丽与恐惧并存在于浮世,
软弱的人子背负起不堪的重荷。

因为我们被播撒了无奈的情欲种子,
所以总听到善与恶、罪与罚的咒语。
我们只能束手无策、彷徨踯躅,
因为神没有赐给我们力量和意志。

你在哪里徘徊游荡?
你在对什么进行批判、思索和重新考量?
是并不存在的幻觉,还是空虚的梦乡?
哎,忘了喝酒,那全都成了虚假的思量!
不妨遥望那漫无边际的天空,
我们不啻其中浮现的一个黑点。
岂能知道,这地球是凭什么自转?!
自转,公转,反转,与我们有何相干?!

到处都有至高无上的力量,
所有的国家,所有的民族,
无不具有相同的人性。
难道只有我是异端之徒?

人们都误读了先知的圣训,

要不就是缺乏常识和智慧。

竟然忌讳肉体之乐，还禁止喝酒，

够了，穆斯塔法，我最讨厌那种虚伪！

（摘自堀井梁步译《鲁拜集》）

但那时，有一个少女劝我戒酒。她说道：

"那可不行啊，每天一到中午，你就开始喝得醉醺醺的。"

她是酒吧对面那家香烟铺老板的女儿，年纪有十七八岁，名字叫良子。她长得肌玉肤白，还有一颗虎牙。每当我去买香烟时，她总会笑着给我忠告。

"为什么不行呢？有什么不好？有多少酒就放开喝。'人子啊，消除你心中的憎恨吧！'这是古代波斯人的名言——算了，我甭说这么复杂了。还有呢，'给悲哀疲惫的心灵带来希望的，正是那带来微醺的玉杯'。这，你懂吗？"

"不懂。"

"傻丫头，当心我亲你哟。"

"亲就亲呗。"

她毫不胆怯地撅起了下嘴唇。

"傻丫头，居然没有一点贞操观念。"

但良子的表情中，分明漂漾着一种没有被任何人玷污过的处女气息。

在开年后的一个严寒之夜，我喝得醉醺醺地出去买香烟。不料掉进了香烟铺前面的下水道洞口里，我连声叫着："良子，救救我，救救我。"良子使劲把我拽了上来，还帮我处理右手上的伤口。这时，她收起笑容，一本正经地说道：

"你喝得太多了。"

我对死倒是满不在乎,但若是受伤出血导致身体残废,那我死活也不干。我一边让良子给我处理手上的伤口,一边寻思着,是不是真的该戒酒了。

"我戒酒。从明天起一滴不沾。"

"真的?!"

"我一定戒。如果我戒了,良子愿意嫁给我吗?"

关于她嫁给我的事,其实只是一句玩笑话而已。

"当啰。"

所谓"当啰",是"当然啰"的省略语。当时流行着各种各样的省略语,比如"时男"(时髦男子)、"时女"(时髦女子)等等。

"那好哇。我们就拉拉钩,一言为定了。我一定戒酒。"

可第二天,我从中午起又开始喝酒了。

傍晚时分,我跟跟跄跄地走到外面,站在良子的店铺前面,高喊道:

"良子,对不起,我又喝了。"

"哎呀,真讨厌,故意装着醉了的样子。"

她的话让我吃了一惊,仿佛酒也醒了。

"不,是真的。我真喝了。才不是故意装醉呢。"

"别作弄我,你真坏。"

她一点也不怀疑我。

"你一看不就明白了吗?我今天又是从中午起就喝酒了,原谅我吧。"

"你可真会演戏哪。"

"不是演戏,你这个傻丫头。当心我亲你哟。"

"你亲呀!"

"不,我没有资格。娶你的事,也只有死心了。瞧我的脸,该是通红吧。我喝了酒哪。"

"那是因为夕阳照着脸上呢。你想要弄我可不行。昨天不是说定了吗?你不可能去喝酒的。因为我们拉了钩的。说你喝了酒,肯定是在骗人,骗人,骗人!"

良子坐在昏暗的店铺里微笑着,她那白皙的脸孔,啊,还有她那不知污秽为何物的"童贞",是多么弥足珍贵。迄今为止,我还从没和比我年少的处女一起睡过觉。那就和她结婚吧,即使因此而有再大的悲哀降临吾身,我也在所不惜。我要体验那近于狂暴的巨大欢乐,哪怕一生中仅有一次也行。尽管我曾认为,童贞的美丽不过是愚蠢诗人所抱有的甜美而悲伤的幻觉,可我现在却发现,它确实真真切切地存在于这个世上。那就结婚吧,等到春天来临,我就和她一起骑着自行车,去看绿叶掩映的瀑布吧!我当即下定了决心,也就是抱着所谓"一决胜负"的心理,毫不犹豫地偷摘这朵美丽的鲜花。

不久,我们便结婚了。从中得到的快乐未必如预期的巨大,但其后降临的悲哀堪称凄烈之至,超乎想象。对于我来说,"世间"的确是一个深不可测的可怕之地,也绝非依靠"一决胜负"便可以轻易解决一切的场所。

二

堀木与我。

相互蔑视,却又彼此来往,并一起自我作践——倘若这就是世上所谓"朋友"的真实面目,那么,我和堀木的关系无疑正好属于"朋友"的范畴。

多亏了京桥那家酒吧老板娘的侠义之心(所谓女人的侠义之心,乃是一种奇妙的措辞,但据我的经验而言,至少在都市男女中,女人比男人更富有侠义之心。男人们大都心虚胆怯,只知道装点门面,实则吝啬无比),我和香烟铺的良子开始了同居生活。我们看中了筑地①靠近隅田川的一栋木制两层公寓,租下一楼的一个房间居住。我把酒也戒掉了,开始拼命从事日渐成为我固定职业的漫画创作。晚饭后我们俩一起去看电影,在回家路上顺道踅进咖啡馆坐坐,或是买下一个花钵,不,这一切都算不了什么,我最大的乐趣乃是和这个由衷信赖自己的小新娘子厮守在一起,倾听她说的每一句话,欣赏她做的每一个动作。我甚至觉得,自己越来越像一个正常人,不至于以悲惨的死法终其一生。可就在我心中隐约萌动起这种甘美的想法时,堀木又出现在了我面前。

"哟,色魔!哎呀,从你的表情看,像是多少懂点人情世故了。今天我是高圆寺那位女士派来的使者哪。"说着,他又突然降低了嗓门,朝正在厨房里沏茶的良子那边翘起下巴,问我道,"不要紧吧?"

"没事儿,尽管说吧。"我平静地回答道。

---

① 东京的一个地名。

事实上，良子真算得上信赖的天才。京桥那家酒吧的老板娘和我之间的关系自不用说，就算我告诉她在镰仓发生的那起事件，她也对我和常子之间的事毫不怀疑。这倒并不是因为我善于撒谎，事实上，有时候我是说得再明白不过了，可良子却只是当作笑话来听。

"你还是那么自命不凡哪。说来，也没什么要紧事，她托我转告你，偶尔也去高圆寺那边玩玩吧。"

就在我刚要忘却之际，一只怪鸟又扑打着翅膀飞过来，用鸟喙啄破了我记忆的伤口。于是，转眼之间，过去那些耻辱与罪恶的记忆又在脑海里再度复苏，让我感到一种想要高声呐喊的恐惧，不由得坐立不安。

"去喝一杯吧。"我说道。

"好的。"堀木回答道。

我和堀木。我们俩在外表上是那么相似，甚至被误认为是一模一样的人。当然这也仅限于四处游荡着喝廉价酒的时候。总之，两个人一碰面，就顷刻间变成了外表相同、毛色相同的两条狗，一起在下着雪的小巷里来回窜动。

打那天起，我们又开始重温起过去的交情，还结伴去了京桥的那家酒吧。最后，两条醉成烂泥的狗还造访了高圆寺静子的公寓，在那里过夜留宿。

那是一个无法遗忘的闷热夏夜。黄昏时分，堀木穿着一件皱巴巴的浴衣来到我在筑地的公寓。他说，他今天有急用当掉了夏天的衣服，但倘若这事被他老母亲知道了，那事情可就麻烦了，所以想马上用钱赎回来，让我借点钱给他。不巧我手头上也没钱，所以就照老办法，让良子拿她的衣服去典当。不过，借给堀木后还剩了点余钱,于是就让良子去买来了烧酒。我们来到屋顶上,吹着隅田川上夹杂着臭水沟味的凉风,摆了一桌略显不净的纳凉晚宴。

这时,我们开始玩起了喜剧名词和悲剧名词的字谜游戏。这是我发明的一种游戏。所有的名词都有阴性名词、阳性名词、中性名词之分,同样,也应该有喜剧名词与悲剧名词之分。比如说,轮船和火车就属于悲剧名词,而市营电车和公共汽车就属于喜剧名词。如果不懂得如此划分的缘由,那是无权奢谈什么艺术的。作为一个剧作家,哪怕在喜剧中只掺杂了一个悲剧名词,也会因此而丧失资格。当然,悲剧亦然。

"准备好了没有?香烟是什么名词?"我问道。

"悲剧(悲剧名词的略称)。"堀木立即回答道。

"药品呢?"

"药粉还是药丸?"

"针剂。"

"悲剧。"

"是吗?可还有荷尔蒙针剂哪。"

"不,绝对是悲剧。你说,注射用的针头不就是一个大悲剧吗?"

"好吧,就算是我输给你了吧。不过我告诉你,奇怪的是,药品和医生都属于喜剧(喜剧名词)哪。那么,死亡呢?"

"喜剧。牧师与和尚也一样。"

"棒极了!那么,生存就该是悲剧了吧。"

"不,生存也是喜剧。"

"这样一来,不是什么都变成了喜剧吗?我再问你一个,漫画家呢?总不能说是喜剧了吧?"

"悲剧,悲剧,一个大悲剧名词。"

"你说的什么呀!你自己才是一个大悲剧哪。"

一旦演变成这样一种低俗的谐谑,就的确是很无聊了,但我们自命不凡地认为,这是世界上所有沙龙中都没人玩过的机智游戏。

当时我还发明了另一个类似的游戏,那就是反义词的字谜游戏。比如,黑色的反义(反义词的略称)是白色,白色的反义却是红色,而红色的反义则是黑色。

"花的反义词呢?"我问道。

堀木撇着嘴巴,想了想说道:

"哎,有一个餐馆的名字叫'花月',这样说来,就该是月亮吧。"

"不,那可不能称其为反义词哪,毋宁说是同义词。星星和紫罗兰,不就是同义词吗?那绝对不是反义词。"

"我明白了,那就是蜜蜂。"

"蜜蜂?!"

"莫非牡丹与蚂蚁相配?"

"什么呀,那是画题啊。你可别想蒙混过关。"

"我明白了。不是有句话说,花逢烟云吗?"

"不,应该是月逢烟云吧?"

"有了,有了,花与风。是风,花的反义词是风。"

"这可是太蹩脚了。那不是浪花节[①]中的句子吗?你这下真是露了老底儿哪。"

"要不,就是琵琶。"

[①] 一种三弦伴奏的民间说唱歌曲,类似中国的评弹。

"这就更离谱了。关于花的反义词嘛，应该是举这世上最不像花的东西才对。"

"所以……等一等，什么呀，莫非是女人？"

"顺便问一句，女人的同义词是什么？"

"内脏呗。"

"你真是个对诗一窍不通的人。那么，内脏的反义词呢？"

"是牛奶。"

"这倒是有点精彩，就照这样子再来一个。羞耻的反义词是什么？"

"是无耻，是流行漫画家上司几太。"

"那堀木正雄呢？"

说到这里，我们俩却再也笑不起来了。一种阴郁的气氛笼罩住了我们，仿佛满脑袋都是玻璃碎片似的，俨然那种喝多了烧酒后特有的感觉。

"你别出言不逊！我还没像你那样遭受过被关押的耻辱哪。"

这让我大吃一惊。原来在堀木心中，并没有把我当作真正的人来看待，而只是视为一个自杀未遂的、不知廉耻的愚蠢怪物，即所谓"活着的僵尸"。他只是为了自己的快乐而在最大限度上利用我罢了。一想到我和他的交情仅止于此，我不禁耿耿于怀。但转念一想，堀木那样待我也在所难免，我一开始就是个没资格做人的小男孩。遭到堀木的蔑视，也实属理所当然。

"罪，罪的反义词是什么呢？这可是一道大难题哟。"我装作若无其事的表情，说道。

"法律。"堀木平静地回答道。

我不由得再次审视着堀木的面孔。附近那栋大楼的霓虹灯闪烁着，照射在堀木身上，使他的脸看起来就像是魔鬼刑警一般，显得威风凛凛。我不禁更加惊讶，说道：

"你说什么呀？罪的反义词，该不会是那种东西吧。"

他竟然说罪的反义词是法律！不过，没准世上的人们都是抱着这种简单的想法，而满不在乎地活着，以为罪恶只是在没有警察的地方蠢蠢欲动。

"那么，你说是什么呢？是神吧？因为在你身上就有种基督教徒式的味道，让人恶心。"

"别那么轻易下结论，让我们俩再想想看吧。不过，这不是一个有趣的题目吗？我觉得，单凭对这个题目的回答，就可以知晓那个人的全部秘密。"

"未必吧。……罪的反义词是善。善良的市民，也就是像我们这样的人。"

"别再开那种玩笑了。不过，善是恶的反义词，而不是罪的反义词哪。"

"恶与罪，难道有什么不同？"

"我想是不同的。善恶的概念是由人创造出来的，是人随意创造出的道德词语。"

"你还真啰嗦哪。那么，就还是神吧。神，神，把什么都归结为神，总不会有错吧。哎呀，我的肚子都饿了哪。"

"良子正在楼下煮蚕豆哪。"

"那太棒了，那可是我爱吃的好东西。"

他双手交叉着，枕在脑袋后面，仰躺在地上。

"你好像对罪一点兴趣也没有。"

"说来也是，因为我不像你是个罪人。就算玩女人，我也决不会害死女人，或是卷走女人的钱财。"

并不是我害死女人的，我也没有卷走女人的钱财。只听见我内心的某个角落里，回荡着这微弱但却竭尽全力的抗议之声。但随即我又转念想到，那一切皆是我的错。而这正是我奇特的习性。

我怎么也无法与人当面抗辩。我拼命地克制着，以免自己的心情因烧酒阴郁的醉意而变得更加阴森可怕。我几乎是在自言自语似的嗫嚅道：

"不过，唯独被关进监狱这一点，不算是我的罪。我觉得，只要弄清了罪的反义词，那么也就把握住了罪的实体。神……救赎……爱……光明……但是，神本身有撒旦这个反义词，而救赎的反义词是苦恼，爱的反义词是恨，光明的反义词是黑暗，善的反义词是恶。罪与祈祷，罪与忏悔，罪与告白，罪与……呜呼，全都是同义词。那，罪的反义词究竟是什么？"

"罪的反义词是蜜，如蜂蜜般甘甜。哎呀，我肚子都咕咕叫了，快去拿点吃的来吧。"

"你自己下去拿，不就得了吗？"

我用生平从未有过的愤怒声音说道。

"好吧，那我就到楼下去，和良子一起犯罪吧。与其空谈大论，还不如实地考察呢。罪的反义词是蜜豆，不，莫非是蚕豆？"

他已经酩酊大醉，语无伦次了。

"随你的便，随你滚到哪儿去都行！"

"罪与饥饿，饥饿与蚕豆，不对，这是同义词吧？"

他一边信口雌黄，一边起身站了起来。

《罪与罚》，陀思妥耶夫斯基。这念头蓦然掠过大脑的某个角落，使我大为震惊。没准陀思妥耶夫斯基不是把罪与罚当作同义词,而是当作反义词排列在一起的……罪与罚,两者绝无相通之处,水火般互不相容。把罪与罚视为反义词的陀氏,其笔下的绿藻、腐烂的水池、一团乱麻的内心世界……啊,我总算有点开窍了,不,还没有……这一个个念头如走马灯一般,闪过我的脑海。这时,突然传来了堀木的叫声:

"喂,他妈的,这蚕豆也离谱了!快来看!"

他的声音和脸色都恍若变了个人。他刚才是蹒跚着起身下楼去的,没想到马上就蹑了回来。

"什么事?!"

倏然间,周围的气氛变得紧张起来。我和他从楼顶下到二楼,又从二楼往下走。在中途的楼梯上堀木停下脚步,用手指着什么说道:

"瞧!"

我房间上方的小窗户敞开着,可以看到房间里面。只见房间里亮着电灯,有两只"动物"正干着什么。

我感到头晕目眩,呼吸急促。"这也不失为人间景象之一。也是人类的面目之一。大可不必大惊小怪。"我在心里嘀咕着,甚至忘了快去救良子,而只是呆立在楼梯上。

堀木大声咳嗽着。我就像是一个人在逃命似的,又跑回到屋顶,躺在地上,仰望着布满水汽的夏日夜空。此时,席卷我心灵的情感既不是愤懑,也不是厌恶,更不是悲哀,而是剧烈的恐惧。它并非那种对墓地幽灵的恐惧,而是在神社的杉树林中,撞上身着白衣的神体时所感到的恐惧,它仿佛来自远古,不容你分说。从那天夜里起,我的头上出现了白发,对所有的一切越来越丧失信心,对其他人也越来越怀疑,永久地远离了对人世生活所抱有的全部期待、喜悦与共鸣。事实上，这在我的整个生涯中都是一件具有决定性的事件，如同有人迎面砍伤了我前额的正中部位，使我无论与任何人接近时，都会感到那道伤口正隐隐作痛。

"尽管我很同情你，但你也多少得了点教训吧。我再也不到这儿来了，这儿完全是一座地狱。……不过，关于良子嘛，你可得原谅她哟，因为你自己也不是什么好汉哪。我这就告辞了。"

堀木绝不是那种傻瓜蛋，会甘愿久留在一个令人尴尬的地方。

我站起身来，兀自喝着烧酒，然后开始号啕大哭。泪水不断地向外奔涌。

不知不觉之间，良子已怔怔地站在我身后，手里端着盛满蚕豆的盘子。

"要是我说，我什么都没干……"

"好啦好啦，什么都别说了。你是一个不知道怀疑别人的人。来，坐下一起吃蚕豆吧。"

我们并排坐下，吃着蚕豆。呜呼，难道信赖别人也是罪过？！那男人三十岁左右，个子矮小，是个不学无术的商人。每次来找我给他画漫画，离开时总是会煞有介事地搁下点钱，然后才离开。

此后，那商人就再也没有来过。不知为什么，比起那个商人，我倒是更加痛恨堀木。在他第一时间看到时，原本他可以用大声咳嗽来加以阻止，可他却什么也没做，就径直回到屋顶上来通知了我。对堀木的憎恶和愤怒时常会在不眠之夜席卷而来，使我呜呜呻吟。

不存在着什么原谅与不原谅的问题。良子是一个信赖的天才，她不知道怀疑他人。也正因为如此，才愈加悲惨。

我不禁问神灵：难道信赖他人也是罪过吗？

在我看来，比起良子的身体遭到玷污，倒是良子对他人的信赖遭到玷污这件事，在日后埋下了我无法活下去的苦恼种子。我是一个畏畏缩缩、总看别人脸色行事、对他人的信赖感早已布满裂纹的人。对于这样的我来说，良子那种纯洁无瑕的信赖之心，就恰如绿叶掩映的瀑布般赏心悦目。谁知它却在一夜之间蜕变为浑黄的污水。这不，从那天夜里起，良子甚至对我的一颦一笑也十分在意了。

"喂——"每次我叫她，她都会被惊吓到，不知道该把视线投向哪里。无论我多么想逗她笑，她都一直是那么战战兢兢、惶恐不安，甚至对我说话也滥用敬语。

纯真无瑕的信赖之心，难道真是罪恶之源？

我四处搜罗那些描写妻子被人侵犯的故事书来看，但我认为，没有一个女人遭到像良子那样悲惨的侵犯。她的遭遇是成不了故事的。在那个小个子商人与良子之间，倘若还有哪怕是一丁点儿近似于恋爱的情感，那么，或许我的心境反而会得到拯救。然而，就是在某个夏日的夜晚，良子相信了那个家伙。事情仅此而已，却害得我被人迎面砍伤了额头，声音变得嘶哑，白发陡然出现，而良子也不得不一辈子战战兢兢。大部分的故事都把重点放在丈夫是否原谅妻子的"行为"上，但这一点对我来说，却并构成太大的苦恼。至于原谅与否，拥有这种权力的丈夫无疑是幸运的，倘若认为自己无法原谅妻子，那么，也无须大声喧哗，只要立刻与她分道扬镳，然后再娶一个新娘，也就一了百了了。但如果做不到这一点，那就只好"原谅"对方，默默忍受。不管怎么说，只要丈夫自己心态好，就能平息八方事态。总之，在我看来，即使那种事是对丈夫的一个巨大打击，但也仅限于"打击"而已。与那种永不休止地冲击海岸的波涛不同，拥有权利的丈夫是可以借助愤怒来处置和化解这种纠葛的。而我的情形又如何呢？作为丈夫却不具备任何权利，一想到这里，愈发觉得一切皆是自己的错，不用说发怒，就连一句怨言也不能说。而妻子恰恰是被她那种罕见的美好品质给残酷地侵犯了。并且，那种美好的品质正好是丈夫久已向往的、被称为"纯洁无瑕的信赖之心"这样一种可怜之物。

纯洁无瑕的信赖之心，难道也是一种罪过吗？

我甚至对这种唯一值得倚傍的美好品质也产生了疑惑，一切的一切都变得越发不可理喻，以至于我的前方只剩下了酒精。我脸上的表情变得极度卑微，一大早就喝开了烧酒，而牙齿也落得残缺不全，手头上画的漫画也几近于春宫淫画。不，还是让我坦白吧。那时候，我开始临摹春画来偷偷贩卖了，因为我急需酒钱。每当我看到良子不敢正眼看我，一副惴惴不安的模样时，我忍不住会胡思乱想：她是一个完全不知道防备别人的女人，没准和那个商人有过不止一次瓜葛吧？还有，和堀木呢？不，或许还有某个我所不知道的人吧？——结果，疑心再生疑心，形成了一个恶性循环的怪圈。但我没有勇气去加以证实，以至于被惯有的不安与恐惧所纠缠着，只有在喝得烂醉之后，才敢小心翼翼地试着进行卑屈的诱导性发问。尽管内心忽喜忽忧，可表面上却拼命地搞笑，在对良子施以地狱般可憎的爱抚后，如同一摊烂泥似的酣然大睡。

那一年年末，夜深人静之后我才酩酊大醉地回到家里。当时我很想喝一杯糖开水，可良子却貌似已经睡着了，我只好自个儿去厨房找糖罐。打开盖子一看，里面却没有半点白糖，而只有一个细长的黑色纸盒。我漫不经心地拿在手里，看了看盒子上贴的标签，顿时目瞪口呆。尽管那标签被人用指甲抠去了一大半，但却留下了标有洋文的部分，上面一目了然地写着：DIAL。

巴比妥酸。那时我全靠烧酒帮助睡眠，并没有服用安眠药。不过，不眠症似乎成了我的宿疴，所以对大部分安眠药都相当了解。单凭这一盒巴比妥酸，就足以致人于死地。盒子还尚未开封，想必她曾涌起过轻生的念头，才会撕掉上面的标签，把药盒子藏在这种地方的吧。说来，也真够可怜的，这孩子因为读不懂标签上的洋文，所以只用指甲抠掉了一半，以为这样一来就不会暴露了。（你是无辜的。）

我没有出声，只是悄悄地倒满一杯水，然后慢慢给盒子开了封，把药全部塞进嘴里，冷静地喝完杯中的水，随即关掉电灯，躺下睡了。

据说整整三个昼夜，我就跟死掉了没什么两样。医生认为是过失所致，所以一直犹豫着没有报警。据说我苏醒过来时所说的第一句话，就是"回家"。所谓的"家"，究竟是指的哪儿，就连我自己也不得而知。总之，据说我那么说完后，号啕大哭了一场。

渐渐地，眼前的雾散开了。我定睛一看，原来是"比目鱼"绷着脸，坐在我枕边。

"上一次也是发生在年末。这种时候谁不是忙得团团转哪。可他偏偏挑准年末来干这种事，这不是要我的命吗？"

在一旁听着"比目鱼"发牢骚的，是京桥那家酒吧的老板娘。

"夫人。"我叫道。

"嗯，什么事？你醒过来了？"

老板娘俯身对着我说道，仿佛要把她的那张笑脸贴在我脸上。

我不由得泪如泉涌。

"就让我和良子分手吧。"

我脱口而出的，竟然是这句连自己也意想不到的话。

老板娘欠起身，发出了轻声的叹息。

接下来我又失言了，而且更加唐突，不知该说是滑稽还是愚蠢。

"我要到没有女人的地方去。"

"哈哈哈……"先是"比目鱼"咧嘴大笑，随即老板娘也偷偷笑了。最后，我自己也流着泪，红着脸，苦笑起来。

"唔，那样倒是好呀。""比目鱼"一直吊儿郎当地笑着，"你最好是去没有女人的地方。只要有女人在，你就彻底没治。到没有女人的地方去，这倒是个好主意哪。"

没有女人的地方。不料，我这近于痴人说梦般的胡言乱语，不久竟悲惨地化作了现实。

良子似乎一直认定，我是作为她的替身而吞下毒品的，因此，在我面前更加手足无措了。无论我说什么，她都不苟言笑，所以，只要待在公寓的房间中，我就会觉得胸闷气短，忍不住跑到外面去酗酒。但自从巴比妥酸事件以后，我的身体明显消瘦了，手脚也变得软弱无力，画漫画时也懒洋洋的。那时，"比目鱼"来看我，留下了一笔慰问金（"比目鱼"说，"这是我的一点心意"，随即递过那笔钱，俨然是从他的荷包里掏出来似的。可事实上，这也是老家的哥哥们托人捎来的钱。这时，我已不再是当初逃离"比目鱼"家时的我了，能够隐隐约约地看穿"比目鱼"那套装腔作势的把戏了，所以，我也就狡猾地装出不知情的样子，向"比目鱼"道了谢。不过，"比目鱼"干吗要弃简从繁，不直截说出真相呢？对其中的缘由我似懂非懂，好生奇怪）。我打定主意，用那笔钱独自到南伊豆温泉去看看。不过，我不属于那种能长时间畅享温泉之旅的人，一想到良子，我就感到无限的悲凉。而我与那种透过旅馆窗户，眺望山峦的平和心境更是相距甚远，在那里我既没换上棉和服，也没有泡温泉澡，而是跑到外面，钻进一家肮脏的茶馆，猛喝烧酒，直到把身体糟蹋得更加孱弱后就回到了东京。

那是在一场大雪降临东京的某个夜晚。我醉醺醺地走在银座的小巷里，小声地反复哼唱着"这儿离故乡几百里，这儿离故乡几百里"。我边唱边用鞋尖踹开街头的积雪，突然间我吐了。这是我第一次吐血。只见雪地上出现了一面硕大的太阳旗。好一阵子我都蹲在原地，然后用双手捧起没有弄脏的白雪，边洗脸边哭了起来。

这儿是何方的小道？
这儿是何方的小道？

一个女孩哀婉的歌声恍若幻听一般，隐隐约约地从远处传了过来。不幸。在这个世上不乏各种不幸之人，不，即便说尽是不幸之人，也绝不为过。但他们的不幸可以堂而皇之地向世间发出抗议，而"世间"也很容易理解和同情他们的抗议。可是，我的不幸却全部源于自身的罪恶，所以不可能向任何人抗议。假如我敢结结巴巴说出某句近于抗议的话，则不仅"比目鱼"，甚至连所有的世人都肯定会因我口出狂言而深感讶异。我果真像俗话所说的那样"刚愎自用"吗？还是恰好相反，显得过于唯唯诺诺？对此连我自己都蒙在鼓里。总之，我是罪孽的集合体，所以，我只可能变得愈发不幸，无从找到防范的具体对策。

我站起身来，心想应该先随便吃点什么药。于是，我走进了附近的一家药店。就在我与老板娘四目交汇的瞬间，就像被闪光灯射花了眼睛似的,她抬起头瞪大了双眼,呆然伫立在原地。但她瞪大的眼睛里既没有惊愕的神色,也没有厌恶的感觉,而是流露出像是在求救,又像是充满了渴慕的表情。啊,这也肯定是个不幸之人,因为不幸之人总是对别人的不幸也万分敏感。正当我这样想着时,我发现,那女人是拄着拐杖,颤巍巍地站立着的。我遏制住冲过去的念头,和她面面相觑。我的眼泪不禁夺眶而出。而此时,泪水也从她睁大的眼睛里潸然而下。

也仅此而已。我一言不发地走出了那家药店,跟跟跄跄地回到了公寓,让良子化了杯盐水给我喝,然后默默地睡下了。第二天,我谎称感冒,昏睡了一整天。晚上,我对自己吐血的秘密感到很是不安,便起身去了那家药店。这一次我微笑着对老板娘坦诉了自己的身体状况,向她咨询治疗方法。

"你必须得戒酒。"

我们就像是至亲的骨肉一般。

"或许是酒精中毒吧。我到现在都还想喝哪。"

"那可不行。我丈夫得了肺结核,却偏说酒可以杀菌,整天泡在酒坛里,结果是自己缩短了自己的寿命。"

"我真是好担心。我已经害怕得不行。"

"我这就给你开药。不过,唯独酒这一样东西,你必须得戒掉哟。"

老板娘(她是一个寡妇,膝下有一个男孩,考上了千叶或是什么地方的医科大学,但不久就患上了与父亲相同的病,现在正休学住院。家里还躺着一个中风的公公,而她自己在五岁时因患小儿麻痹症,有只脚已经没有知觉)拄着松树的拐杖,翻箱倒柜地找出各种药品来。

这是造血剂。

这是维生素注射液，这是注射器。

这是钙片。这是淀粉酶，可以治疗肠胃病。

这是什么，那是什么，她充满爱心地给我介绍了五六种药品。但对于我来说，这个不幸女人的爱情，委实太过沉重了。最后她说"这药是在你实在忍不住想喝酒时才用的"，说罢迅速将那种药品包在了一个纸盒里。

原来，这是吗啡注射液。

夫人说，"这药至少比酒的危害要小。"我也就听信了她的话，再说当时正好我自己也觉得，酗酒是很丢人现眼的行为，所以，暗自庆幸终于能摆脱酒精这个恶魔的纠缠了，于是不假思索地将吗啡注射进自己的手臂。不安、焦躁、害羞等等，一下子全都被扫荡一空，我甚至变成了一个开朗阳光的雄辩家。而且，每当注射吗啡以后，我就会忘却自己身体的虚弱，而拼命地工作，一边创作漫画，一边构思出令人忍俊不禁的绝妙方案。

本打算一天注射一针的，没想到一天增加到了两针，最后再增加到一天四针。到了这时，一旦缺了那玩意儿，我就简直无法工作了。

"那可不行哟。一旦中了毒，可就要命了。"

经药店老板娘一提醒，我才发现，自己已严重上瘾（我这人天性脆弱，动辄就听信别人的暗示。比如有人说，这笔钱是不能花的，可既然是你嘛，那就……一听这话，我就会陷入一种奇怪的错觉：仿佛不花掉那笔钱，反倒会辜负对方的期待，所以肯定会马上把它花掉）。出于对上瘾的担忧，我反倒加大了对那种药品的需求。

"拜托，再给我一盒吧，月底我一定会付你钱的。"

"钱嘛，什么时候付都没关系，倒是警察查起来很麻烦。"

啊，我周围总是笼罩着某种浑浊而灰暗的、见不得人的可疑气氛。

"请你想办法帮我搪塞过去，求你了，夫人。我亲你一下吧。"

夫人的脸一下子红到了耳根。

我趁势央求道：

"如果没有药的话，工作就一点也进展不了。对于我来说，那就像是强精剂一样。"

"那样的话，还不如注射荷尔蒙吧。"

"开什么玩笑呀。要么靠酒，要么靠那种药，否则我是没法工作的。"

"酒可不行。"

"对吧？自从我用那种药以后，就一直滴酒未沾哪。多亏了这样，我的身体状况好着哩。我也不想永远画那种蹩脚的漫画，从今以后，我要把酒戒掉，养好身体，努力学习，当一个伟大的画家给你们瞧瞧。眼下正处在节骨眼上，所以我求求你啦。让我亲你一下吧。"

夫人扑哧笑了起来：

"真拿你没辙。你上瘾了，我可不管哟。"

她"咯吱咯吱"地挂着拐杖，从药品架上取下那种药，说道：

"不能给你一整盒，你马上就会用完的。给你一半吧。"

"真小气，哎，没办法呀。"

回到家以后，我立刻打了一针。

"不疼吗？"良子战战兢兢地问我。

"那当然疼啦。不过，为了提高工作效率，即使不愿意也只能这样啊。这阵子我很精神，对吧？好，我这就开始工作。工作，工作。"我兴奋地嚷嚷道。

我甚至还在夜深人静时敲过药店门。老板娘裹着睡衣，"咯吱咯吱"地拄着拐杖走了出来。我扑上去抱住她，一边亲她，一边做出一副痛哭流涕的样子。

她只是一声不吭地递给我一盒药。

药品与烧酒一样，不，甚至是更讨厌更可恶的东西——当我深切地体会到这点时，已经彻底染上了毒瘾。那真可谓无耻至极。为了得到药品，我又开始临摹春画，并与药店的残疾女老板发生了丑恶的关系。

我想死，索性死掉算了。事态已不可挽回。无论做什么，都是徒劳一场，只会丢人现眼，雪上加霜。骑自行车去观赏绿叶掩映的瀑布，已是我难以企及的奢望。只会在污秽的罪恶上叠加可耻的罪恶，让烦恼变得更多更强烈。我想死，我必须得死。活着便是罪恶的种子。尽管我这样左思右想，但是依旧近于疯狂地来回穿梭于公寓与药店之间。

无论我多么拼命工作，因药品用量随之递增，所以，积欠的药费已高得惊人。老板娘一看到我，就会泪流满面，而我也禁不住悄然泪下。

地狱。

为了逃出地狱，只剩下了最后一招。若是这一招也归于失败，那么，日后便只有勒颈自尽了。我不惜把神的存在与否作为赌注，斗胆给老家的父亲写了一封长信，向他坦白了我的一切实情（有关女人的事儿,最终还是没能乔书纸上)。

没想到结局更加糟糕。无论我怎么等待,都一直杳无音讯。等待的焦灼与不安反而使我加大了药量。

今夜,索性一口气注射十针,然后跳进大海里一死方休。就在我暗下决心的那天下午,"比目鱼"就像是用恶魔的直觉嗅到了什么似的,带着堀木出现在我面前。

"听说你咯血了。"

堀木说着,在我面前盘腿坐下。他脸上的微笑荡漾着一种我从未见过的温柔。那温柔的微笑使我感激涕零,兴奋不已,以至于我不由得背过身子,潸然落泪。仅仅因为他那温柔的微笑,我便被彻底打碎了,被一下子埋葬了。

他们把我强行送上了汽车。"无论如何你必须得住院治疗,剩下的事就全部交给我们吧。""比目鱼"用平静的语气规劝着我(那是一种平静得甚至可以形容为大慈大悲的口吻)。我就俨然是一个没有意志和判断力的人,只是抽抽搭搭地哭着,唯唯诺诺地服从于他们俩的指示。加上良子,我们一共四个人在汽车上颠簸了许久,直到周围变得有些昏暗时,才抵达了森林中一家大医院的门口。

我以为这是一家结核病疗养院。

我接受了一个年轻医生温柔而周到的检查。然后,他有些腼腆地笑着说道:

"那就在这里静养一阵子吧。"

"比目鱼"、堀木和良子撂下我一个人回去了。临走时良子递给我一个装有换洗衣服的包袱,然后一声不响地从腰带中取出注射器和没有用完的药品交给我。她还蒙在鼓里,以为那是强精剂吧。

"不，我已经不需要它了。"

这可是很难得的事儿。在我迄今为止的生涯中，敢于斗胆拒绝别人的劝诱，这是绝无仅有的一次例外。是的，这样说一点也不夸张。我的不幸乃是一个人缺乏拒绝能力所带来的不幸。我时常陷入一种恐惧中，以为一旦拒绝别人的劝诱，就会在对方和自己心灵中剜开一道永远无法修复的裂痕。可是，但良子递给我药品时，我却很自然地拒绝了自己曾四处疯狂寻求的吗啡。或许是我被良子那种"神一般的无知"所打动了吧。在那一瞬间，难道我不是并没有染上毒瘾吗？

在那个腼腆微笑着的年轻医生带领下，我进了某一栋病房。随即大门"咔嚓"一声挂上了大锁。原来这是一所精神病医院。

"到一个没有女人的地方去。"我在服用巴比妥酸时的胡言乱语竟奇妙地化作了现实。在这栋病房里，全部是发疯的男人。甚至连护士也是男的，没有一个女人。

如今我已算不上罪人，而是狂人。不，我绝对没有发狂。哪怕是一瞬间，我也不曾疯狂过。但据说，大部分狂人都是这么说的。换言之，被关进这所医院的人全都是狂人，而逍遥在外的全都是正常人。

我问神灵：难道不反抗也是一种罪过吗？

面对堀木那不可思议的美丽微笑，我曾经感激涕零，甚至忘记了做出判断和反抗，便搭上了汽车，被他们带到这儿，变成了一个狂人。即使重新从这里出去，我的额头上也会被打上"狂人"，不，是"废人"的烙印。

我已丧失了做人的资格。

我已彻底变得不是人了。

来到这儿时，还是初夏时节。从铁窗向外望去，能看见庭院内的小小池塘里盛开着红色的睡莲花。又是三个月过去了，庭院里开始绽放波斯菊了。这时，发生了意想不到的事情：老家的大哥带着"比目鱼"前来接我出院。大哥像过往一样，用略带紧张的严肃口吻说道："父亲在上个月末因患胃溃疡去世了。我们对你既往不咎，也不想让你为生活操心劳神。你可以什么都做。不过，有一个前提条件是，虽说知道你肯定依依不舍，但还是必须得离开东京，回老家去好好疗养。至于你在东京闯的祸，涩田先生已大致帮你解决了，你不必记挂在心。"

蓦然间，故乡的山水清晰地浮现在我眼前。我轻轻地点了点头。

我已变成了一个十足的废人。

得知父亲病故以后，我愈发萎靡颓废了。父亲已经去了。父亲片刻也不曾离开我心际，他作为一种可亲而又可怕的存在，已经消失而去，我觉得自己那收容苦恼的器皿也陡然变得空空荡荡。我甚至觉得，自己那苦恼的器皿之所以如此沉重，也完全是因为父亲的缘故。如今，我顷刻间变成了一只泄气的气球，甚至丧失了苦恼的能力。

大哥不折不扣地履行了对我的诺言。从我生长的城镇坐火车南下四五个小时，那儿有一处东北地区少有的温暖海滨温泉。村边有五间破旧的茅屋，墙壁已经剥落，房柱也遭到了虫蛀，几乎已经无法修缮。大哥为我买下了那些房子，还为我雇了一个年近六旬、一头红发的丑陋女佣。

那以后又过去了三年的光阴。其间，我多次遭到那个名叫阿铁的老女佣奇妙的侵犯。有时我和她甚至像一对夫妻似的拌嘴。我肺上的毛病时好时坏，忽而胖了，忽而又瘦了，甚至还咯出了血痰。昨天我让阿铁去村里的药铺买点卡尔莫钦，谁知她买回来后我一看，其药盒子的形状和平常的大为不同。对此我也没有特别在意，可睡觉前我连吃了十粒也无法入睡。正当我觉得蹊跷时，肚子开始七上八下，就急忙跑进了厕所，结果腹泻得厉害。那以后又接连上了三次。我觉得好生奇怪，于是仔细察看了药盒上的名字，原来是一种名叫"海诺莫钦"的泻药。

我仰面躺在床上，把热水袋放在腹部上，恨不得对阿铁发一通牢骚。

"你呀，这不是卡尔莫钦，而是海诺莫钦哪。"

我刚一开口，就哈哈地笑了。"废人"，这的确像是一个喜剧名词。本想入睡，却错吃了泻药，而那泻药的名字又正好叫海诺莫钦。

对于我来说，如今已不再有什么幸福与不幸了。

只是一切都将逝去。

在我一直过着地狱般生活的这个所谓"人"的世界里，这或许是唯一可以视为真理的一句话。

只是一切都将逝去。

今年我才将满二十七岁。因为头发花白的缘故，人们大都认为我已经四十有余。

后记

我与写下上述手记的狂人，其实并不直接相识，但我却与另一个人略有交情，她可能就是上述手记中所出现的京桥那家酒吧的老板娘。她身材娇小，脸色苍白，有着细长的丹凤眼和高挺的鼻梁，给人一种硬派的感觉，与其说是一个美人，不如说更像一个英俊青年。这三篇手记主要描写了昭和五至七年间的东京风情。有两三次，我曾在朋友的带领下，顺道去京桥的酒吧喝过Highball[①]，当时正是昭和十年前后，恰逢日本"军部"越来越露骨地猖獗于世之时。所以，我不可能见到过写下这些手记的那个男人。

然而今年二月，我去拜访了疏散在千叶县船桥的一位朋友。他是我大学时代的校友，现在是某女子大学的讲师。事实上，我曾拜托这位朋友给我一个亲戚说媒，也因为有这层原因，再加上我打算顺道采购一些新鲜的海产

---
① 一种由威士忌加苏打水混合而成的鸡尾酒名。

给家里人尝尝，所以，就背上帆布包往船桥出发了。

船桥是一个濒临泥海的大城市。因为这位朋友是新近搬过去的，所以，尽管我拿着他家的门牌号去问当地人，也没人知道。天气格外寒冷，我背着帆布包的肩膀也早已酸痛不已，这时我被唱机里传来的小提琴声吸引住了，随即推开了一家咖啡馆的大门。

那儿的老板娘似曾相识，一问才知道，原来她就是十年前京桥那家酒吧的老板娘。她似乎也马上想起了我似的。我们彼此都很吃惊，然后又相视而笑了。我们没有照当时的惯例彼此询问遭到空袭的经历，而是非常自豪地相互寒暄道：

"你呀，可真是一点也没变哪。"

"不，都成老太婆了。一身老骨头都快散架了。倒是你才年轻哪。"

"哪里哪里，小孩都有三个了。今天就是为了他们才出来采购东西的。"

我们彼此寒暄着，说了一通久别重逢的人常说的那些话，然后相互打听着共同认识的朋友近况。过了一会儿，老板娘突然改变了语调，问我："你认识阿叶吗？"我说："不认识。"老板娘进到里面，拿来三个笔记本和三张照片，交给我说道：

"没准可以成为小说的素材呢。"

我的天性如此，对别人硬塞给我的材料是无法加工成小说的，所以，我当场便打算还给她，但被那些照片给吸引住了（关于那三张照片的怪异，我在序言中已经提及），以至于决定暂且保管一下那些笔记本。我说："我回来时还会顺道来的，不过，你认识××街××号的××人吗？他在女子大学当老师。"毕竟她也是新搬来的，所以倒还认识。她还说，我的那个朋友也常常光顾这家咖啡馆，他的家就在附近。

那天夜里，我和那个朋友一起喝了点酒，决定留宿在他那里。直到早晨我都彻夜未眠，一直出神地阅读那三篇手记。

手记上所记述的都是些过去的事了，但即使现代的人读起来，想必也会兴致勃勃的。我想，与其拙劣地进行加工或添写，还不如原封不动地让哪家杂志社发表出来更有意义。

给孩子们买的海产品，尽是一些干货。背上帆布包，告别了朋友，我又折进了那家酒吧。

"昨天真是太感谢你了。不过……"我马上直奔主题，说道，"能不能把那些笔记本借给我一段时间？"

"行啊，你就拿去吧。"

"这个人还活着吗？"

"哎呀，这可就不知道了。大约十年前，一个装着笔记本和照片的邮包寄到了京桥的店里。寄件人肯定是阿叶，不过，邮包上却没有写阿叶的住址和名字。在空袭期间，这些东西和别的东西混在了一起，竟然神奇地逃过了劫难，到这阵子我才把它全部读完了……"

"你哭了？"

"不，与其说是哭，……不行啊，人一旦变成那个样子，就已经不行了。"

"如果是已经过了十年，那么，或许他已经不在这个世上了吧。这是作为对你的感谢而寄给你的吧。尽管有些地方言过其实，但好像的确是蒙受了相当大的磨难哪。倘若这些全部都是事实，而且我也是他朋友的话，那么，说不定我也会带他去精神病医院的。"

"都是他父亲不好。"她漫不经心地说道,"我们所认识的阿叶,又诚实又乖巧,要是不喝酒的话,不,即使喝酒……也是一个神一样的好孩子哪。"

维庸之妻

❖

　　传来了慌里慌张打开大门的声音。那响声吵醒了我。想必又是丈夫在夜深人静时喝得个烂醉回家来了，所以我兀自一声不吭地继续躺着。

　　丈夫点亮了隔壁房间的电灯，一边呼哧呼哧地喘着粗气，一边打开桌子和书箱的抽屉，像是在东翻西找着什么。不久，又传来了"扑通"的一声响，大约是他一屁股坐在了榻榻米上面。随后便只能听见他呼哧呼哧的剧烈喘息了，也不知道他究竟在鼓捣什么。我就那样躺着说道：

　　"你回来啦！你吃过饭了吗？食橱里有饭团哪。"

　　"哦，谢谢。"他回答得从未有过的温柔。随即他又问道，"孩子怎么样了？还在发烧吗？"

　　他这样问也是颇为罕见的。明年孩子就满四岁了，或许是因为营养不足，或许是因为丈夫酒精中毒，也或许是病毒的缘故，他看起来比别人家两岁的孩子还小，走路也是一歪一倒的，说起话来至多也不外乎"好吃好吃""不要不要"之类的只言片语，甚至让人担心他是不是脑袋有什么毛病。我曾经带着孩子去公共澡堂洗澡，当我抱起他脱光衣服后的身体时，因为那身体过于丑陋和瘦小，我不由得难过万分，以致当着众人的面失声痛哭。而且这孩子还常常不是拉肚子，就是发高烧，可丈夫却从来不肯安安生生地待在家里，也不知道孩子在他眼里算是个什么，即使我告诉他孩子在发烧，他也只是嘟哝一句"哦，是吗？那就带他去看看医生吧"，随即便急匆匆地披上和服外套出门去了。就算我想带孩子去看医生吧，可手头也没有钱呀。所以只能够躺在孩子身边，默默地抚摸着他的头。

但今天夜里不知为什么，他竟出奇的温柔，还颇为少见地询问孩子的烧退了没有。见此情景，我与其说是感到高兴，不如说涌起了一种可怕的预感，仿佛整个脊梁骨都变得冷冰冰的。我不知道该如何回答他，就那样一直缄默着。在那以后的好一阵子里，都只能听到丈夫剧烈的呼吸声。

"有人吗？"

大门口传来了一个女人纤细的嗓音。我就如同被人泼了一身冷水一样打了个寒战。

"有人吗？大谷先生。"

这一次那女人的声调明显变得有些尖厉了。与此同时，又传来了开启大门的响声。

"大谷先生！您该是在家里的吧？"

能听出那女人的话音里分明带着愠怒。

估计这时候丈夫终于走到了大门口。他好像战战兢兢而又傻头傻脑地回答道：

"什么事呀？"

"还问什么事？！"女人压低声音说道，"您明明有一个好端端的家，可还做出偷盗之类的事情，究竟是为哪门子事儿呀？别再开那种让人为难的玩笑了，赶快把它还给我们吧。否则我这就去报警。"

"你说什么呀？不要再说那种失礼的话了。这儿可不是你们该来的地方。回去!如果不回去,我才要去控告你们哪。"

这时又冒出了另一个男人的声音:

"先生,你真是好大的胆子呀!居然说什么不是我们该来的地方,简直让我吃惊得都说不出话来了。这可不同于别的事情。拿了别人的钱,你呀,开玩笑也该有个分寸吧。到今天为止,我们夫妇俩因为你不知道吃了多少苦头,但你居然还干出了像今天晚上这种伤天害理的事情。先生,我真是看错人了啊。"

"这是敲诈。"尽管丈夫的声音又响又高,但却分明在颤抖,"这是恐吓!滚回去!如果有什么牢骚要发,我明天再洗耳恭听好啦。"

"你这话可就蛮不讲理了。先生,你是一个十足的恶棍。既然这样,除了报警便没有别的办法了。"

这句话的回音中充满了一种使我毛骨悚然的憎恨。

"随你的便好了!"丈夫大叫道。他的声音已经有些失常,让人觉得空虚乏力。

我连忙起身,在睡衣上披了件和服外套,来到大门口向那两个客人招呼道:

"你们来啦!"

"哎呀,您就是大谷夫人吗?"

一个五十多岁的圆脸男人一笑也不笑地点点头,向我打了声招呼。他穿着一件齐膝盖长的短外套。

而那女人约莫有四十岁左右,显得又瘦又小,但穿戴得不失为整洁得体。

"深更半夜的,承蒙您特意出来,真是对不起。"那女人也同样是一笑也不笑的,取下披肩后向我躬身寒暄了一句。

这时，丈夫突然趿着木屐，企图夺路逃走。

"喂，这可不行。"

那男人抓住了丈夫的一只手。刹那间两个人扭打在了一起。

"放开我！不然我就捅你啦！"

只见丈夫的右手上一把水兵刀闪着寒光。那水兵刀是丈夫的珍藏品，曾经放在丈夫桌子的抽屉里。如此看来，刚才丈夫之所以一回家就翻箱倒柜，肯定是早就预计到了事态的发展，才找出水兵刀揣在怀里的。

那男人抽身闪开了。丈夫趁机像一只大乌鸦似的甩动和服外褂的双袖，朝门外飞奔而去了。

"抓强盗啊！"

那男人大声地喊道，想紧跟着飞跑而去。我光着脚下到土间①，紧紧抱住那男人阻拦道：

"算了吧。无论是谁，要是有个三长两短的话，都万万使不得呀。剩下的事情全都由我来处理好了。"

那四十开外的女人也在一旁劝解道：

"是啊，孩子他爹。俗话说'疯子身上揣把刀，鬼神也得让一让'，谁知他会干出什么事来呢？"

"畜生！我要报警！我再也不能容忍了。"那男人怔怔地望着外面漆黑的夜色，像是在自言自语地咕哝着。尽管如此，他的整个身子却一下子散了劲儿。

"对不起，请进屋里去吧。把事情的原委说给我听听。"说着，我走上通往内室的木板台阶，蹲了下来，"没准我能解决问题

---

① 和式房子内没有铺地板的土地房间或门廊。

呢。请进来吧。请！尽管屋子里面邋邋得很。"

两个客人面面相觑，微微点了点头。然后，那男人改变了态度说道：

"无论您说什么，我们都主意已定。不过，还是暂且把事情的来龙去脉告诉夫人吧。"

"是吗，那就请进屋子里慢慢叙谈吧！"

"不，哪有闲工夫来慢慢叙谈呀，不过……"说着，那男人开始脱外套了。

"请不要脱外套，就那样进来吧！天气很冷，真的，拜托您就那样进来吧！因为我们家里连火也没有生……"

"那我就失礼了。"

"请吧，请那位夫人也那样进来吧！"

那男人和女人一前一后地走进了丈夫那间六铺席大的房间。映入他们眼帘的是房间里那一片荒凉的景象：已经开始腐烂的榻榻米，破旧不堪的纸糊拉窗，剥落的墙壁，糊纸早已破损而露出了木框骨架的隔扇，堆放在犄角的桌子和书箱，而且那书箱分明是空空如也。见此情景，两个人都禁不住倒抽了一口冷气。

我给他们俩各自递上一个棉花绽露在外的破旧坐垫。

"因为榻榻米太脏了，所以就请你们用这个东西垫着坐吧！"说罢，我又再一次郑重其事地向他们俩寒暄道，"初次见面，请多关照。迄今为止，我丈夫给你们添了很多麻烦，尽管我不知道他今晚又做了些什么，但刚才他摆出那么一副可怕的样子，我真不知该怎样表示歉意。反正他就是那样一个怪脾气的人……"

我刚一开口，便又是一阵语塞，不由得潸然泪下。

"夫人，冒昧地问您一句，今年多大年纪？"那男人大大咧咧地盘腿坐在破旧的坐垫上，把手拄在膝盖上，用拳头支撑住下颏，探出上半身问我道。

"您是问我的年纪吗？"

"嗯。您丈夫该有三十岁了吧？"

"是呀。我嘛，比他小四岁。"

"那么说来，也就是二十六岁了。这可真是的。才那么年轻啊？不过，说来也该是如此啊。如果丈夫是三十岁，那么，您也该有那么大的岁数了。不过，我倒也的确是吃了一惊哪。"

"我呀，刚才也着实……"那女人从男人的背后探出脸来说道，"对您佩服得很哪。有这么好的一个夫人，大谷先生干吗还那样呢？"

"纯属是有病，有病啊。从前还不是那个样子，到后来就越变越坏了。"说着，那男人又长长地叹息了一声，改换成一本正经的腔调说道，"说实话，夫人，我们夫妇俩在中野车站附近开了一家小酒馆。我和她都是上州①人。我原本是一个老实厚道的生意人，但或许是因为不守本分吧，渐渐地对那种专与乡下农民打交道的小气生意感到厌烦了。算来是在二十年前吧，我带着老婆一起来到了东京，刚开始时我们夫妇俩是在浅草的一家餐馆里当帮工，后来和一般人一样，饱尝了时盛时衰的辛酸，才好歹有了点积蓄，所以，大约是在昭和十一年②吧，我们才在如今的中野车站附近租下了一间六铺席大的房子，那房子还带一个狭窄的土间。就是在这样一个简陋的房子里我们毫无把握地开办了一家小饭馆，专门接待那些一次消费最多不超过一两块钱的客人。虽然这样，我们夫妇俩也从不

---

① 相当于现在的群马县。
② 相当于1936年。

乱花钱，只顾埋头苦干，多亏了如此，我们才得以大量买进了烧酒呀、杜松子酒等等，以至于到了后来世上严重缺酒的时代，也能够避免像其他饮食店那样歇业转向，而顽强地坚持做饮食生意。这样一来，那些关照我们的老主顾也诚心诚意地帮助我们，有人还为我们疏通渠道，让那些所谓专供军官的酒菜也辗转进入了我们的手中。即便是在对美英开战、空袭日趋紧张之后，由于我们既没有小孩的拖累，也不想疏散回故乡，所以，打定了主意一直留下来继续做饮食生意，直到这个家被战火烧毁为止。期间也没有遇到什么灾难，总算是熬到了战争结束。这下我们总算是松了口气，这一次是大量买进了黑市酒来贩卖。简单说来，我们的经历大抵如此了。话说起来很轻松，没准您会认为我们属于那种没有受多少苦、运气还并不差的幸运儿，可是，人的一生就如同一座地狱呀。所谓'寸善尺魔'，真是一点不假。如果得到了一寸的幸福，必然会有一尺的魔物伴随其后。人的一年有三百六十五个日子，倘若有哪一天或半天属于无忧无虑的日子，那就真算得上是幸运之人了。您丈夫，也就是大谷先生第一次到我们店里来，还是在昭和十九年的春天吧。那时候，对英美之战还没有败下阵来。不，正是接近败下阵来的时候了，不过，对于那场战争的实情，或许该说是真相吧，我们是一点也弄不明白的，只是想着再熬个两三年，就好歹能够以对等的资格迎来和平了吧。现在回想起来，大谷先生第一次出现在我们店里时，他身上穿着一件久留米地方出产的藏青碎白点花纹布的便装，外面还披了件和服外套。当然不光是大谷先生，那时节穿着防空服装东游西逛的人在偌大的东京也是大有人在，也就是说，当时还处于人们大都可以穿着普通的服装无所顾忌地悠闲外出的时代，所以，对于大谷先生当时的那身装束，我们并不觉得有什么特别邋遢的地方。那时大谷先生并不是只身一人来的，尽管在夫人面前不便说，但我还是一五一十毫不隐瞒地告诉您吧。您丈夫是被一个上了点年纪的女人带着悄悄从店堂的厨房门进来的。那时候我们店的大门每天都是一直关闭着的，按当时的流行术语来说，就叫作'闭门营业'。只有极少数老主顾从厨房门悄悄进来，而且，没有人在店堂土间的座位上喝酒，而是在里面的六铺席房间里把电灯开得暗暗的，压低嗓音说话，静悄悄地喝个酩酊大醉。那个上了点年纪的女人在此之前不久还一直在新宿的酒吧里当女招待。在她当女招待的时候，常常带一些有头有脸的客人来喝酒，那些客人成了我们店的常客。说来我们和她的交往也就是这样一种'惺惺相惜'的关系吧。由于她的公寓就在附近，所以，当新宿的酒吧关门停业，她不再当女招待以后，她依旧不时零零星星地带一些熟识的男人来。而这时我们店的存酒也渐渐少了，无论是多么有脸面的客人，如果一味增加喝酒的客人，我们也非但不再像从前那样受宠若惊，反倒觉得有些麻烦多事了。但在此之前的四五年间，她介绍来的客人大都出手大方，看在这份情理之上，只要是她引荐来的客人，我们一直是毫无难色地端出酒来供他们享用。所以，在您丈夫由那个上了年纪的女人——她的名字就叫阿秋吧——带着悄悄从后面的厨房门进来之后，我们也并不觉得有什么蹊跷，只是按照惯例，请他们进了六铺席的房间，拿出烧酒来给他们喝。那天晚上，大谷先生只是一个劲儿老老实实地喝酒，酒钱也是由阿秋付的，而后他们俩又一道从厨房门回去了，可是那天晚上大谷先生宁静而优雅的举止却出乎意料地留在了我的记忆里。当魔鬼初次出现在人的家里时，难道就是那样一副静悄悄、羞答答的模样吗？从那天夜里起，大谷先生便盯上了我们店。又过了十天左右，这一次大谷先生是一个人从后门进来的，只见他猛然间掏出一张一百块钱的纸币，哎呀，那时候一说起一百块钱，可算得上一大笔钱哪，起码相当于如今的两三千块钱，甚至于更多。他硬是要塞进我的手中，说了声'拜托你了'，脸上还露着羞怯的微笑。看来他已经喝过了不少，反正夫人您也是知道的，没有比他更海量的人了。当我正琢磨着他是不是已经醉了的时候，他突然又开始一本正经、头头是道地说起话来，而且无论他怎么贪喝我也从没看见他走路打过趔趄。尽管人到三十，正是所谓血气方刚，喝酒达到天量之时，但像他那样豪饮的人毕竟还是少有的。那天晚上他好像也是在别的什么地方喝过酒之后才来的，到了我们店里又一口气连喝了十杯烧酒，他几乎是一直缄默着，即使我们俩找话和他搭讪，他也只是腼腆地笑着，'唔唔'地敷衍几声，含糊地点点头。突然间他问起现在几点了，然后站起身来。我说：'我这就给您找头。'他说：'不，不用了。''这可让我为难啦。'我坚决地说道。他吃吃地笑着，说了声'那就替我保管到下一次吧，我会再来的'。然后就回去了。可是，夫人，我们从他那儿收到钱，前前后后也就只有那一次而已。那以后他总是找出种种理由来蒙混搪塞，三年来分文未给，我们家的酒几乎是被他一个人喝光的。这不是太让人吃惊了吗？"

我情不自禁地笑出了声来，一种莫名其妙的滑稽感顿时涌上了心头。我赶紧捂住嘴巴，偷偷看了看旁边那位夫人的脸。只见她也奇妙地笑了，把头埋得低低的。然后，那男老板又无可奈何地苦笑着说道："虽说这事本身并不好笑，但又确实令人吃惊，忍不住想笑。实际上，如果把那样一种伎俩用在别的正经事上，恐怕不愁当不上大臣和博士，甚至想当什么就能当上什么吧。看来，被他乘虚而入，弄得一贫如洗，在这寒冷的日子里以泪洗面的人，不光是我们俩，恐怕还不在少数哪。就说那个阿秋吧，由于结交了大谷先生，结果原来出钱资助她生活的那个男人把她给甩了，害得她钱财和衣物都空空如也，据说如今正在大杂院中的某间肮脏屋子里过着乞丐般的生活。不过话又说回来，在阿秋与大谷结识的那一阵子里，她可真是兴奋得头脑发昏，甚至还在我们面前大肆吹嘘他哪，首先说他的身份显赫无比，是四国某个诸侯的分支、大谷男爵的次子，如今因行为不够检点，被他老爹断绝了父子关系。不过，只要他老爹男爵一死，他照样还是会和长兄俩一起平分遗产的。他又聪明又伶俐，真可谓天才，二十一岁时就写成了一本书，比石川啄木①这个大天才写的书还要高明不少，那以后又写出了十几本书，年纪轻轻的，却已成了日本的头号诗人。而且还是个大学者，从学习院②进了一高，然后又是帝大，法语、德语样样精通。哎呀，行啦行啦，反正是吹得个天花乱坠，按照阿秋的说法，他简直就像是一个神灵般的人物。不过，那些话似乎也并非全是谎言，即使从旁人那儿打听，他也同样是大谷男爵的次子，有名的诗人，所以，就连我们家的这个老太婆，尽管年纪一大把了，却也和阿秋暗地里争风吃醋，被那家伙迷得个头脑发昏，说什么'出身不俗的人毕竟总有些与众不同哪'，一心期盼着大谷先生的到来，真让人受不了。如今已经没有什么华族③不华族的了，可直到战争结束为止，如果想把女人骗到手，最好的一招似乎就是自诩为被逐出家门的华族子弟。奇怪的是，女人就像是昏了头似的，拿如今的流行语来讲，那归根结底也算是一种奴隶的劣根性吧。我等之辈也算得上经历过种

---

① 石川啄木（1886—1912），日本歌人，岩手县人。代表作有《可悲的玩具》等。
② 学习院、一高（第一高等学校）、帝大（帝国大学）战前均为贵族子弟集中的学府。
③ 有爵位的人及其家属，第二次世界大战后被取消。

种世面的老油子了，所以在我看来，尽管在夫人面前这样说有失体统，他至多不过属于华族中四国诸侯的一个分支，而且还只是个次子罢了，这与我们的身份根本没有什么差别，我怎么可能像她们那样不知廉耻地被他搞得头脑发热呢？尽管如此，不知为什么，那位先生对于我来说也还是不好对付的，虽说我早就打定了主意，无论他下一次怎么央求我，都绝对不给他酒喝了，可一看到他如同一个遭到追撵的人一般在意想不到的时刻里蓦然出现，走进我们店里后终于舒了口气的样子，我下定的决心也不由自主地动摇了，最终又给他端出酒来。他即使喝醉了，也从不会胡闹一气的。要是他能够毫不含糊地付清酒钱，那倒不愧是一个好顾客哪。说来他自己也并没有吹嘘过自己的门第出身，也从没有愚蠢地自诩为天才什么的，一旦阿秋等人在他旁边大肆谈论起他的非凡之处，他就会嘀咕着什么'我想要钱''我要把这里的欠账全部付清'等等，总之，扯上一些风马牛不相及的事情，使在座的人大为扫兴。尽管迄今为止他没有付过酒钱，但阿秋她倒是常常替他垫付的，除了阿秋，还有另一个不便让阿秋知道的保密的女人，她可能是某个地方的有夫之妇，有时与大谷先生一同来店里，常常为大谷先生留给店里一些多余的钱。我不过是一个生意人罢了，因此，如果没有那些女人为他付钱，无论是大谷先生也好，还是宫廷显贵也好，我都不可能让他一直那么白吃白喝的。不过，仅仅靠她们偶尔付付账，也无异于杯水车薪呀，我们早已是损失惨重。听说他的家在小金井，而且还有一个正经的夫人，所以一直寻思着前来拜访一次，商量一下大谷先生欠下的酒钱该怎么办。为此不露声色地向大谷先生打听过府上在哪儿，但他马上就发觉了，随即说出好些刺耳的话来：'钱没有就是没有呗，干吗那么瞎着急呢？吵起架来闹得不欢而散，对谁都没有好处哟！'话虽这么说，可我们琢磨着，至少得摸清先生的家在哪儿，于是盯了两三次梢，可每次都被他巧妙地甩掉了。不久，东京连续遭受了空中大轰炸，不知为什么，大谷先生竟然戴着一顶军人的帽子翩然而至，自个儿动手从壁橱中取出白兰地的酒瓶，就那么站着咕噜咕噜地喝了起来，然后又像一阵风似的飘然溜掉了，也不付什么钱。不久战争结束了，这一次我们无所顾忌地买进了黑市上的酒菜，在店门口挂出了崭新的布帘子招牌，为招揽客人还雇了一个女孩子。谁知那个魔鬼先生又出现了，如今他不是带着女人，而总是和两三个报刊记者一起驾到，那些记者说，从今以后军人就要没落了，而曾经一直贫穷寒碜的诗人则将受到世人的追捧等等。大谷先生当着那些记者的面，尽讲一些外国人的名字，什么英语呀、哲学呀，反正是一些不知所云的奇怪东西。然后他冷不防站起身走出店门，一去而不复返。记者们一脸失望的表情，猜测他去了哪儿，议论着他们自己是不是也该回去了，随即开始准备离开店里。我连忙说：'请等等。先生他常常是利用这一招来溜之大吉的，今天的账得由你们支付。'有时候其中一些人老老实实地凑足酒钱付清后才离开，有时候也有一些人勃然大怒着说道：'让大谷付吧，我们过的可是五百块钱的穷日子哪。'即使遭到他们的怒斥我也绝不罢休：'不，大谷先生累计有多少欠账，你们知道吗？假如你们能从大谷那儿为我讨回欠账，无论金额是多少，我都将如数奉还一半。'听我这么一说，那些记者满脸惊讶的神情，说道：'什么？！没想到大谷是这样一个蛮横无理的家伙。从今以后再也不和那家伙一起喝酒了。今儿晚上我们手里的钱还不到一百块，明天再给你送钱来吧，现在就把这个留下作为抵押。'说着，豪爽地脱下大衣离去了。世上的人都说记者人品不好，可比起大谷先生来，却诚实和爽快得多，如果大谷先生是男爵的次子，那么，那些记者无疑够格当公爵的长子了。战后，大谷先生的酒量更是有增无减，面相也变得更加凶恶，还随口开起一些过去从未说出口来的下流玩笑，有时还冷不防对那些一同前来的记者大打出手，双方你推我搡，没完没了。而且也不知是什么时候，他好像把我们雇用的那个二十岁左右的姑娘也骗到了手，让我们目瞪口呆，十分难堪。但既然事情已经发生了，那我们也就只能忍气吞声了，还一个劲儿地劝那姑娘死了那条心，悄悄地把她打发回了她父母亲那儿。我说：'大谷先生，我什么都不说了。只是拜托你，从今以后不要再来了。'可他却威胁我说：'你靠黑市买卖赚了黑钱，却胆敢假装正经教训人，你休想！对你的所有底细，我都一清二楚哪。'而且他第二天晚上又若无其事地到店里来了。战争期间，我们是做过黑市生意，或许是受到报应吧，以致不得不与这个妖魔似的人物打交道，但他干出像今天晚上这样的缺德事情，已经不是什么诗人和先生了，而是十足的强盗。他偷了我们家的五千块钱以后溜走了。如今我们进货花了不少钱，家里最多也就只有五百块或是一千块的现金，说实话，每天营业赚来的钱通常都得马上投入到进货中去的，今天晚上之所以有五千块这一大笔款子，是因为大年三十快到了，我四处到老主顾的家中去讨债收款，好不容易才凑足了那笔钱的。而且，如果这笔钱不在今天晚上拿去进货，那明年的正月就无法继续做生意了。因为是这么一笔重要的款子，所以，我老婆在里面的六铺席房间中点了数以后才放进了橱柜的抽屉中，没想到他坐在土间的椅子上一边独自喝酒，一边看见了里面的情形。他突然站起身，随随便便就钻进六铺席的房间，一声不响地推开我老婆，打开抽屉，一把抓起那五千块的一扎纸币，塞进和服外套的口袋里，就在我们吓得瞠目结舌之时,飞快地跳下土间,溜到了店门外。于是我大声地喊叫,想让他停下,随即和老婆一起紧追不舍。我想,事到如今,只有大声地呼喊捉贼,才能把过往的行人召集拢来一并抓住他。但大谷先生与我们并非一日之交,那样做未免太过绝情。我思忖着,今夜无论发生什么事情,都不能让大谷先生溜掉了,一定要跟踪到底,找到他最终的落脚之地,跟他好好地理论一番,让他把钱还给我。因为我们经营的不过是小本生意罢了,所以夫妇俩齐心协力,今天晚上终于找到了这个家,克制着忍无可忍的情绪,压低嗓门请求他把钱还给我们,可这算哪门子事呢?他居然掏出水兵刀威胁说要刺伤我。"

又是一阵莫名其妙的滑稽感涌上了心间,我情不自禁地放开嗓门笑了起来。旁边的那位夫人也红着脸微笑了。而我竟一笑不可收拾,尽管觉得这样做对不起那位店老板,可不知为何却又感到特别地好笑,以至于笑个不停,眼泪都流出来了。我突然想起丈夫的诗中有一句叫作"文明的结果是大笑",或许它正是描述的这样一种心情吧。

但这并不是一件可以一笑了之的事情,因此我也颇费了一番踌躇。那天夜里,我对他们俩承诺道:"以后的事情就由我来负责解决好了。所以,关于报警的事,务必请你们再等一天。明天我会去拜访你们的。"说罢,我还详细打听了他们在中野的酒馆所处的具体位置,死乞白赖地请他们答应我的要求,打发他们那天夜里暂且先回去了。然后我兀自一人呆坐在冰冷的六铺席房间的中央,陷入了沉思,却没能想出什么好主意。于是我站起身,脱下外褂,一头钻进了儿子躺着的被窝里,一边抚摸着儿子的头,一边祈求着,但愿黎明永远不要来临。

我父亲从前在浅草公园的瓢箪池旁边摆了个摊点专卖素什锦。母亲老早就过世了，只有我和父亲相依为命，住在简陋的大杂院里，摆摊的事也是由我和父亲一起操持。那时候，现在的他时不时来我们的摊上，不久，我便瞒着父亲开始与他在别的地方约会了。因为肚子里怀上了孩子，所以在历经了种种波折以后，终于在形式上成了他的妻子，不过，并没有正式入籍，因而生下的孩子也就成了私生子。他一出家门，就常常是连着三四个晚上不回家，不，有时甚至连续一个月也不回家，而我也不知道他在哪里和干些什么。他回来时总是醉成了一摊烂泥；脸色苍白，"呼哧呼哧"地喘着粗气一言不发地凝视着我的脸，眼泪扑簌簌地流了下来。他有时会冷不防钻进我躺着的被窝里，紧紧地搂抱着我的身体，颤抖着说道：

"啊，不行不行，好害怕，我好害怕呀。真恐怖啊！快救救我！"

即使是在睡着了之后，他也是忽而梦话连篇，忽而长吁短叹。而第二天早晨，他就像个灵魂出了窍的人一样傻愣着，可不一会儿便又踪影全无了。这一去又是连着三四个晚上都不回家。倒是丈夫在出版界的两三个老朋友惦记着我和孩子的境况，不时地送些钱来接济我们，才使我们母子俩免于饿死，平安地活到了今天。

我迷迷糊糊地睡了过去。等我睁开眼睛一看，早晨的阳光已透过木板套窗的缝隙照射进来。我起身做好准备，背上孩子出门了。我感到自己再也不能闷声不响地待在家里了。

我漫无目的地朝着车站方向走去，在车站前面的摊铺里买了点糖果给孩子含在嘴里，然后突发奇想地买了张去吉祥寺的车票，坐上了电车。我用手抓住车厢里的吊带，心不在焉地瞅了一眼挂在车厢顶上的广告画，发现上面有丈夫的名字。那是一本杂志的广告画,好像丈夫在上面发表了一篇题为《弗朗索瓦·维庸①》的长篇论文。就在我凝望着《弗朗索瓦·维庸》这个标题与丈夫的名字时,不知为何,眼眶里竟盈满了酸楚的泪水,以至于广告画变得模糊起来,最终什么都看不见了。

我在吉祥寺下了车,到了久违多年的井头公园。池边的杉树早已被砍伐殆尽了,看来某个工程即将开工,给人一种异乎寻常的荒凉感,和过去已经是判若两样了。

我把孩子从背上卸下来,和他并排坐在池畔有些朽烂的长凳上,拿出家中带来的山芋给孩子吃。

"宝贝,这儿该是一个漂亮的水池吧?从前啊,在这水池里还有很多很多的鲤鱼和金鱼哪。可现在什么都没有了。多无聊啊。"

也不知道孩子想了些什么,只见他一边满嘴嚼着山芋,一边莫名其妙地傻笑着。尽管是自己的亲骨肉,可我还是觉得他傻头傻脑的。

无论在池边的长凳上待多久,事情也是不会凭空了断的。于是我又背上孩子,慢吞吞地踅回吉祥寺车站,在熙熙攘攘的摊贩街东游西逛。然后又在车站买了张去中野的车票,不加思考,也没有计划,就像是被稀里糊涂地牵引到某个可怕的魔鬼深渊中似的,跨上了电车。在中野车站下车后,按照昨天打听的路线,来到了他们那家小酒馆外面。

正面的大门紧紧关闭着,于是我拐到背后从厨房门走了进去。店老板不在,只有老板娘一个人在打扫店堂的清洁。一见到老板娘,我便随口撒了个谎,这是我自己也没有想到的。

---

① 弗朗索瓦·维庸(1431—1463),法国中世纪的抒情诗人。其一生是逃亡、入狱、流浪的一生,诗歌充满了自嘲、悔恨、绝望和祈愿。

"喂,大婶,看来我能还清欠账哪,不是在今晚,就是在明天,反正已经有眉目了,因此您大可不必操心。"

"哎呀,那可真是太好了。"

说着,老板娘的脸上泛起了些许高兴的神色。尽管如此,在那张面孔的某个地方依旧残留着半信半疑的不安阴影。

"大婶,这可是真的。确实会有人送钱来的。在此之前,我就作为人质一直待在这儿。如此一来,您总该放心了吧?在筹措到钱之前,就让我一直在店里帮帮忙吧。"

我把孩子从背上卸了下来,让他一个人在里面的六铺席房间玩。我拼命地干起活来表现给老板娘看。孩子本来就一个人玩惯了,所以一点也不碍事。或许是脑袋不好使吧,天生就不大认人,所以还一个劲儿冲着老板娘发笑。当我替老板娘出门去领取配给他们家的食物时[1],老板娘把美国造的空罐头盒拿出来代替玩具给孩子玩。孩子把那些空罐头拿在手中又是敲又是滚,在六铺席房间的一角乖乖地玩耍着。

正午时,老板拿着采购的鱼和蔬菜回来了。一看见老板的脸,我就马上撒了一通刚才对老板娘撒过的谎。

老板一脸惊讶的表情,用教训人的口吻说道:

"真的吗?不过,夫人啦,钱这玩意儿,只要不是攥在自己的手心里就是靠不住的。"

"不,这可是真的,请相信我吧。至于报警嘛,就请再等一天吧。在此之前,我就在店里帮帮忙。"

"只要钱能还回来,那些就不必了。"老板像是自言自语似的

---

[1] 第二次世界大战刚结束时,由于物资匮乏,日本曾实行过配给制。

嗫嚅道，"反正今年这个年头也就只剩下五六天了。"

"是啊，也正因为如此，就让我……哎呀，来客人了。欢迎光临！"我朝着三个走进店来的工匠模样的客人微笑着招呼道，然后又小声地对老板娘说道，"大婶，对不起，请把围裙借给我吧。"

"哎呀，还雇了个美人哪。这家伙长得真是漂亮啊！"一个客人说道。

"千万别引诱她哟！"老板用一副并不是纯粹开玩笑的口吻说道，"她的身上可是押着一大笔钱哪。"

"是一匹价值一百万美元的名马吗？"另一个客人说了句猥亵的俏皮话。

"据说即便是名马，母的也只值半价啊。"我一边给他们烫酒，一边毫不示弱地用同样猥亵的俏皮话回敬了一句。

"别谦虚嘛！从今以后呀，在日本，不管是马还是狗，都是男女平等哪。"其中那个最年轻的客人就像是在大声斥责似的嚷嚷道，"大姐，我可是迷上你了，算得上一见钟情哪。不过，你已经有孩子了吧？"

"还没有哪，"老板娘从里面抱着孩子走出来说道，"这孩子是我刚从亲戚家领养的。这样一来，我们也总算是有自己的后嗣了。"

"而且还有了钱。"一个客人开了个玩笑。

听罢这话，老板一本正经地嘀咕道："既有了情人，还欠下了债务。"然后，他又陡然改变语气，问客人道："你们想要点什么？来个汤锅怎么样？"

这时我才豁然明白了一件事。"果然如此！"我暗自点着头，表面上却若无其事地给客人们送上了酒壶。

那一天正值圣诞节前夕，所以，来店的客人真是络绎不绝。我从一大早起就什么也没有下过肚，但心事满腹，所以，当老板娘劝我吃点什么时，我也只是回答道："不，我肚子还饱着哪。"我就像是身穿一层羽衣在翩翩起舞一般，只顾着手脚麻利地干活。或许是我自鸣得意吧，那天店堂里洋溢着非同寻常的活跃气氛，走过来打听我的名字，要求跟我握手的顾客哪里才只有两三个人哪。

但这样下去，事情又会怎么样呢？我的内心一片茫然。我只是笑着，应付着客人们猥亵的玩笑，自己也回敬一两句，来回忙着给客人们斟酒。其间我只是琢磨着，但愿自个儿的身体就如同冰激凌似的彻底溶化掉。

有时候，在这个世上也是会出现奇迹的。

大约是九点刚过的时候吧，只见一个头上戴着圣诞节的纸制三角帽，脸上像罗平[①]一样罩着一副遮住了上半边脸的黑色假面的男人，与一个年纪三十四五岁、身体偏瘦的漂亮妇人一起出现在店堂里。那男人背对着我，在土间角落的椅子上坐了下来。但就在他刚一走进店堂的瞬间，我便一眼认出了他是谁。是我的强盗丈夫。

但他似乎并没有注意到我，因此我佯装不知地照样和其他客人搭讪调笑。那个妇人与丈夫相对坐下后，叫我道：

"大姐，请来一下。"

"来了。"我应声道，并来到了他们俩的桌子旁，说道，"欢迎光临，要酒吗？"

这时，丈夫透过假面瞅了瞅我，看来他很是吃了一惊。我轻轻地抚摸着他的肩头，说道：

[①] 法国侦探小说家莫里斯·勒布朗（1864—1941）作品中一个绅士怪盗的名字。

"是该说圣诞节快乐吧?还是该说什么别的呢?看来您还能喝下一升酒哪。"

那妇人对我的话不加理睬,只是一本正经地说道:

"大姐,对不起,我们有些保密的事情要对这里的老板说,劳驾你叫老板到这里来一下。"

老板正在里间做油炸食品。我走到他面前说道:

"大谷已经来了。请您去见见他。不过,可别对和他一起来的女人提起我的事儿。我不想让大谷觉得没有脸面。"

"到底还是来了。"

看来店老板对我撒的谎尽管一直半信半疑,但毕竟还是在很大程度上相信了,所以,他单纯地认定:丈夫回来一事也是出于我的旨意和安排。

"我的事儿可千万别说哟!"我再一次叮嘱道。

"如果不说为好的话,那我就不说吧。"他爽快地答应了,然后向外面的土间走去。

老板环视了一周土间的客人,然后径自走到丈夫就座的桌子旁,与那个漂亮妇人交谈了两三句话之后,他们仨一起走出了店门。

"已经没事了,一切都已解决。"不知为何,我竟如此相信着。我兴奋不已,猛然紧紧攥住那个身穿藏青碎白点花纹布衣服、年纪还不到二十岁的年轻客人的手腕,说道:

"喝吧,来,一起喝吧。因为明天是圣诞节呀!"

只过了三十分钟,不,甚至还不到三十分钟,老板很快——快得让人难以置信——就一个人回来了。他来到我旁边说道:

"夫人,谢谢您,钱已经还回来了。"

"是吗？那太好了。全部如数奉还了吗？"

老板有些怪异地笑着说道：

"是的，不过，仅限于昨天的那部分钱。"

"加上以前的，一共欠您多少钱？粗略算一下吧，不过，请尽量往少里算。"

"二万块呗。"

"那么多就够了吗？"

"我尽量往少里算的呀。"

"就由我来还给您吧。大叔，从明天起，就让我在店里干活吧。喂，请答应我吧。我靠干活来还债。"

"真的？夫人，没想到你也成了'阿轻'①哪。"

我们齐声笑了。

那天夜里十点过后，我才离开中野的酒馆，背着孩子回到了小金井的家里。丈夫依旧没有回来，而我已经满不在乎了。假如明天又去那个店里，没准还会见到丈夫的。以前我干吗没有发现这等好事呢？到昨天为止我饱尝了苦头，说到底全都是因为自己傻，没有想到这个好主意罢了。过去在浅草父亲摆出的摊铺上，我接待顾客也还不算拙劣，所以，从今以后在中野的店堂里我一定能周旋得更好。今天晚上我不就得到了五百块钱的小费吗？

听老板讲，丈夫昨天晚上从家里逃走后去某个熟人家过了夜。今天清晨突然闯进那个漂亮妇人在京桥经营的酒吧，一大早就喝开了威士忌酒，而且还硬是塞钱给在店里干活的五个姑娘，说是送给她们的圣诞礼物，然后在正午时分叫来了一辆出租车去了某个地

---

① 日本传统说唱曲艺"木偶净琉璃"中著名剧目《忠臣藏》中的女主人公。她卖身为妓，替丈夫筹款还债。

方。不大一会儿，他便抱回来了圣诞节的三角帽啦、假面具啦、豪华大蛋糕啦，还有火鸡等等。他四处挂电话，招来各方好友，举办了一场盛大的宴会。酒吧的老板娘好生奇怪，心想：这个人平常不总是身无半文的吗？于是暗地里问了问他，结果丈夫泰然自若地把昨天夜里发生的事情一五一十地说了出来。老板娘和他似乎原本就关系非同一般，所以，就像亲骨肉似的劝告他道，不管怎么说要是闹到警察那儿去，事情可就严重了，那多没意思呀，必须得把钱还给别人。说罢，老板娘先垫上那笔钱，让丈夫带着她来到了中野的酒馆里。中野的店老板对我说道：

"我也琢磨着大概是那么回事吧，不过，夫人，您倒是也留意到了这个方面哪。是您拜托了大谷先生的朋友帮忙的吧？"

听他的那副口吻，就像是认定，我打一开始便估计到丈夫会这样回来，所以才先到这个店里来等着他似的。我笑着只回答了一句话：

"嗯，那些事是早已……"

从第二天开始，我的生活与从前截然不同，变得令我兴奋和惬意了。我赶紧去电烫理发店做了头发，还备齐了化妆品，重新缝制了衣服，并且从老板娘那儿得到了两双崭新的白袜子。我感到从前那积压在胸中的沉闷心绪已蓦然被一扫而光了。

早晨起床后，和孩子一起吃过早饭，随即做好盒饭，背上孩子去中野上班。大年三十和正月恰恰是店里最忙碌的时节。"椿屋的阿幸"，便成了我在店里的名字。就是这个"阿幸"，每天都忙得个头昏眼花的。丈夫每隔一天都要到店里来喝一次酒，酒钱都是由我支付的。喝过酒以后他便又突然不知去向了。夜阑人静时，他有时会朝店堂里探头望一望，悄悄问我：

"还不回去吗？"

我点点头，开始做回家的准备，然后一起结伴愉快地踏上回家的路。而这已成了常事。

"干吗一开始没有这样做呢？我好幸福呀。"

"女人既没有幸福，也没有不幸。"

"真的吗？被你这么一说，觉得也不无道理，不过，男人又怎么样呢？"

"男人只有不幸，总是与恐惧搏斗。"

"这我可不懂了。不过，我倒是希望一直过现在的这种生活哪。椿屋的大叔和大婶也都是上好的人。"

"他们都是些傻瓜，是些乡巴佬，因此也贪得无厌。他们让我喝酒，最终无非是想赚钱罢了。"

"人家是做生意的，那也是理所当然的事。不过，并非仅仅如此吧。没准你还占过那老板娘的便宜吧？"

"那是好久以前的事了。那老头子怎么样？他也有所察觉吧？"

"好像他心里有数哪。他曾经半带叹息地说道，既有了情人，还欠下了债务。"

"我呀，尽管这样说不免有些矫揉造作，真的是想死得不得了。打我一出生，就尽想着死的事情。也为了大家，我还是死去为好吧。这一点早已是明摆着的了。尽管如此，却又怎么也死不了。有一种如同神灵般的东西阻止我去死。"

"因为你有工作呀。"

"工作算不了什么。既没有什么杰作，也没有什么劣作，别人说它好它就好，别人说它坏它就坏，这就像是呼吸时的呼气与吸气一样。可怕的是，在这个世上的某个地方有神灵存在呢。该是有，对吧？"

"哎？！"

"该是有吧？"

"我可不知道哪。"

"是吗？"

就在我在店里干了十天、二十天的时候，我开始发现：来椿屋喝酒的客人无一例外全都是罪犯。我渐渐觉得，丈夫在他们中间算是非常善良的了。而且不光是店里的客人，就连路上的行人也全都隐瞒着某种不可告人的罪孽。一个穿戴华贵、年纪五十多岁的太太，来椿屋的厨房门口卖酒，明明讲好一升三百块钱，因为按现在的行情来说是相当便宜的，所以老板娘马上全都买了下来，谁曾想到全都是兑了水的假酒。就连那样优雅华贵的太太也不得不干出这种缺德事。我认为，在这样的世上，要想自个儿毫无愧疚地生存下去，其实是不可能的。就跟玩扑克牌一样，一旦把负的全都收齐了，也就变成了正的，此类事情在这个世上的道德中难道是不可能发生的事情吗？

假如有神灵存在，就请站出来吧！我在正月的某一天，被店里的一个客人奸污了。

那天夜里天上下着雨，丈夫没有出现。丈夫在出版社的一个老朋友，也就是有时给我送来生活费的矢岛先生，与另一个客人一同来到了店里。那另一位先生好像也是干出版行业的，年纪同矢岛先生差不多，大约有四十来岁。他们一边呷着酒，一边半开玩笑地高声议论着，大谷的夫人在这种地方干活到底是好还是坏。我一边笑着，一边故意问道：

"他的那位夫人在哪儿呢？"

矢岛先生说道：

"虽说不知道她在哪儿，但至少比椿屋的阿幸要优雅和漂亮。"

我接着搭讪道：

"真叫我嫉妒哪。像大谷先生那样的人，我真想陪他睡一觉哪，哪怕只是一夜也行。我喜欢他那种狡诈的人。"

"真是没办法呀。"矢岛先生把脸转向同伴，撇了撇嘴巴。

我便是诗人大谷的妻子这件事，早已被那些与丈夫一同来店的记者们知道了。甚至有些多事的人听说之后，还专门来店里凑热闹，所以，店里变得越来越红火，而老板的心情也自然是好极了。

那天夜里，矢岛先生要去谈一笔纸张的黑市交易。他回去时已是十点过了。天上正下着雨，丈夫又没有出现，所以尽管店里还留着个把客人，我还是开始做回家的准备了。我把睡在里面六铺席房间一角的孩子抱起来背在背上，小声地对老板娘说道：

"我又要借您的伞用一下了。"

"伞嘛，我拿着哪。让我送您吧。"留在店里的那个客人一本正经地站起身来说道。他二十五六岁，瘦削而矮小，模样像是个工人。他是今晚才初次来店的新顾客。

"谢谢。我习惯于一个人走路。"

"不，您家远着哪。这我知道。我也是小金井附近的人。让我送送您吧。大婶，请您结账。"

他只在店里喝了三瓶酒，好像并没有怎么醉。

一起坐上电车，在小金井下了车，然后合用一把伞在下着雨的漆黑路面上并排走着。那年轻人刚才还一直一言不发，现在却一点点地开始说话了：

"我全都知道。我嘛，是大谷先生的诗歌迷呢。我也在写诗。我一直寻思着，想请大谷先生看看我的诗。不过我很怕大谷先生，所以……"

我已经到家了。

"谢谢您了。那么，店里再见吧。"

"嗯。再见。"年轻人在雨中回去了。

深夜，大门口咯吱咯吱的开门声惊醒了我。我想，又是丈夫喝醉后回家来了，所以一声不响地继续躺着。

"有人吗？大谷先生，有人吗？"

传来了一个男人的声音。

我起身打开电灯走到大门口，只见刚才那个年轻人已经醉得一塌糊涂，连脚跟都站不稳了。

"夫人，对不起，回去的途中我又在摊铺上喝了一杯。事实上，我的家是在立川哪。我去车站一看，电车已经收车了。夫人，求求您，让我住一夜吧。我不要被子，什么都不要。我就睡在大门口的木板台阶上也行。在明天一大早的始发列车开车之前，就让我胡乱地躺一夜吧。如果不是下着雨的话，我可以睡在那边的屋檐下。可这么大的雨，那也不成啊。求求您了。"

"丈夫又不在家，所以，如果那木板台阶您不介意的话，那就请吧。"说着，我把两个破旧的坐垫给他拿到了木板台阶那儿。

"对不起，我喝醉了。"他似乎有些不好受，小声地说道，然后马上倒在木板台阶上睡了。当我返回自己的被窝时，早已传来了很响的打鼾声。

第二天拂晓，我轻而易举地落入了那个男人的手中。

那天我表面上和平常没有什么两样，背着孩子去店里上班。

在中野酒馆的土间里，丈夫把盛着酒的杯子放在桌子上，一个人读着报纸。早晨的阳光照射在酒杯上，我觉得漂亮极了。

"没有人在吗？"

丈夫回头看着我说道：

"嗯。老板采购东西去了还没回来，大婶刚才还一直在厨房里呢。怎么，不在那儿吗？"

"昨晚你没来？"

"来了的。这一阵子，见不到椿屋阿幸的脸，我就睡不着了。所以，十点过后来这儿看了看，说是你刚才才回去了。"

"然后呢？"

"我就在这儿住下了。因为雨下得好大。"

"那我从明天起也住进这个店里吧。"

"那也行啊。"

"那就这样办吧。老是租下家里的那房子，也没什么意义。"

丈夫又沉默着把视线转向了报纸。他说道：

"哦，又在说我的坏话哪，骂我是享乐主义的假贵族。这可骂得不对。其实他该骂我是畏惧神灵的享乐主义者。阿幸，瞧，这儿还骂我是人面兽心的人哪。不对不对，事到现在我才告诉你，去年年底我从这儿拿走了五千块钱，其实是想用那笔钱让阿幸和孩子过一个许久都没有过的好新年。因为不是人面兽心的人，所以才干出了那种事呀。"

我并没有觉得特别高兴，只是喏嚅道：

"管他是不是人面兽心，我们只要活着就行了。"

Good-bye

❖

作者的话

唐诗的五言绝句里,有一句叫作"人生足别离"。我的一个前辈把它翻译为:唯有再见方为人生。的确,相逢时的喜悦乃是转瞬即逝的情愫,而唯有别离的伤痛却刻骨铭心。即便说我们总是生存在惜别之情中,亦绝非戏言。

因此,鄙人把本文题作"Good-bye"。若说是用来意指现代绅士淑女们的别离百态,也许有些不无夸张,但如果能以此描绘出各种别离的模样,将不失为一大幸事。

变心（一）

某位文坛耄宿去世了。在告别仪式结束之际，天上飘起了点点雨丝。显然，这是一场早春的雨。

在回去的途中，两个男人合撑着一把雨伞并肩而行。他们都是前来向过世的文坛耄宿表示礼节性哀悼的，而此刻，他们俩的话题不外乎尽是与女人之间的艳事或丑闻。其中一个半老的大个子男人穿着带有家徽的和服，是一位文人，而另一个比他年轻很多的美男子则戴着哈罗德·洛伊德①式的眼镜，身穿条纹状的裤子，是一名编辑。

"那家伙……"文人说道，"貌似也很好女色哪。而再说你吧，也该到见好就收的时候了。这不，瞧你一副憔悴的样子。"

"我正打算全部都一刀两断呢。"

---

① 哈罗德·洛伊德（Harold Lloyd，1893—1971），美国电影演员，是20世纪20—30年代最受欢迎的电影喜剧大师之一。他所刻画的戴着眼镜、语无伦次的年轻人，总能在一系列惊悚的危险中化险为夷。——译注

那个编辑红着脸回答道。

这个文人一贯口无遮拦,说起话来也全都是粗俗的话题。一直以来,美男子编辑都对他敬而远之,可偏偏今天自己没有带伞,所以,无奈之中只好钻进了文人的蛇眼伞下,听凭他说三道四了。

正打算全部都一刀两断。说来,此话也并非全是谎言。

有些东西正悄然发生着变化。战争结束过了三年,总觉得有些东西已经变了。

今年三十四岁的田岛周二,是杂志《OBELISK》的总编辑。虽然他说起话来似乎带着点关西腔,但对自己的出身几乎闭口不谈。他是个精明能干的男人,担任《OBELISK》的编辑一职,不过是为了在社会上装装门面而已,暗地里却在帮人做黑市买卖,大敛不义之财。但有句俗话说得好,黑心钱来得快也去得快,据说他把钱全用在了花天酒地上,甚至包养了近十个女人。

不过,他倒不是单身男人。不仅不是单身男人,现任妻子还是他的二婚对象。他的前妻因患肺炎而撒手人寰,留下了一个痴呆女儿。那以后,他便变卖了东京的房产,疏散到埼玉县的朋友家里。就在疏散的过程中,他认识了现在的妻子,在把她变成自己的女人后,与她结了婚。而不用说,这段婚姻乃是他现任妻子的初婚,其娘家则是那种家境殷实的农户。

战争结束后,他把妻子和女儿托付给妻子的娘家,只身一人回到东京,在郊外的公寓租了一间房,但也只是用来睡个觉而已。他四处闯荡,又精于算计,所以赚了大把的钞票。

不过,这样过了三年后,不知为什么,心态发生了变化。或许是整个世道变得越发微妙了吧,抑或是因多年的不节制导致身体近来明显消瘦了吧,不,不对,也许只是单纯的"上了年纪"而已,反正如今可谓"色即是空",连喝酒也变得索然无味了。常常会有一种近于"乡愁"的情绪倏然掠过他的胸口,他开始琢磨着,是不是该买下一间小房子,把老婆和孩子都从乡下接到身边来……

看来,是该就此金盆洗手,停止黑市买卖,一门心思地做杂志编辑了。说到这一点……

说到这一点,眼下可是面临着一大难关。那就是首先必须和那些女人彻底了断。一想到这里,就连工于心计的他也感到束手无策,只能喟然叹息。

"打算全部一刀两断呀……"大个子的文人歪着嘴巴苦笑道,"这倒是件好事,不过话说回来,你到底养了多少个女人呀?"

变心（二）

田岛一脸哭丧的表情。越想越觉得，仅凭一己之力，根本不可能与那些女人一刀两断。如果用钱就能摆平一切，那事情可就简单了，但很难设想，那些女人们会因此而甘愿退出。

"如今想来，我真的是疯了。太荒唐了，竟然染指那么多女人……"

他蓦地涌起一个念头，想向这个半老的粗鄙文人坦白所有的一切，听听对方有什么高见。

"真没想到，你还能说出这种正经话来。不过，越是多情的人，就越容易莫名地惧怕所谓的道德，而这也正是他们讨女人喜欢的地方。男子汉仪表堂堂，又有钱，又年轻，再加上又讲道德又温柔，那当然是有女人缘了。这是不言而喻的。即使你打算一刀两断，对方也不会答应吧。"

"就是这一点伤脑筋哪。"

他用手绢揩着脸。

"你不会是在抹眼泪吧?"

"没有,是雨水打在镜片上起了雾……"

"瞧你,那声音明显是在哭呢。还真是个窝囊的好色男。"

既然是个帮人做黑市买卖的人,那也就没什么道德感可言,但正如那文人说的,田岛尽管是个多情的男人,但奇怪的是,却对女人不乏诚实的一面。女人们似乎也因此对他毫不戒备,百般信赖。

"难道就没有什么高招吗?"

"哪有呀。本来,你去外国什么的躲上个五六年再回来,倒是个好办法吧,但就眼下的局势看,又是没法轻易出国的。还不如干脆把那些女人们全都召集到一间屋子里,让她们高唱一曲离别歌,不,还是唱毕业歌好啦,再由你一一颁发毕业证。然后呢,你就装着发狂的样子,裸奔到外面,一逃了之。这办法绝对靠谱。女人们肯定会被惊吓得从此罢休吧。"

这算得上什么高招呀,根本就派不上任何用场。

"我这就告辞了。我呀,就从这里去搭电车了……"

"哎呀,急什么呢?不如一起步行到下一个车站吧。反正,对于你而言,这可是一个重大问题哟。还是两个人一起来想想对策吧。"

看来,那文人这天闲得百无聊赖,就是不肯放走田岛。

"不必了,我会自己想想办法的……"

"不,不,你一个人肯定是解决不了的。你不会打算去死吧?说实话,这下我倒是更不放心了。被女人迷恋上而去死,这不是悲剧,而是喜剧。不,完全就是滑稽剧。对,滑稽透顶。谁也不会同情你的。还是不要去死的好。对了,我有了个好主意。那就是,去找个绝世美人来,把事情的原委告诉她,请她假扮成你太太,然后带着她一个个地去拜访那些女人。这一招绝对有效。女人们看见她,肯定会一声不响地退下阵去。怎么样,要不要试试?"

真可谓溺水者的救命稻草。田岛不由得动了点心。

行进（一）

田岛决定试一试，但这样做分明有个难题。

那就是如何才能找到绝世美女。如果是奇丑无比的女人，则每走一个电车车站的距离，就会发现不下三十来个吧，可一旦说到绝世美女，就不得不怀疑，除了传说之外，她还可能存在于其他什么地方。

田岛本来就自诩仪表堂堂，再加上喜好刀尺，死要面子，他号称，如果和丑女走在一起，立马就会腹痛难忍，所以总是避免与丑女同行。他现在那些所谓的情人，也个个都是美人，但还不至于达到绝世美人的地步。

在那个雨天，从那位半老的粗鄙文人口中听到随口胡诌的"秘诀"后，尽管他内心也认为这何其荒唐，进行了反驳，但实际上，他自己也根本想不出任何招数。

那就姑且先试一试吧。没准在人生的某个角隅里，就藏着那种绝世美人。一想到这里，他那镜片背后的眼睛就蓦然开始滴溜溜地转动起来，还带着点下流的意味。

舞厅、咖啡馆、等候室。没有，到处都没有！尽是丑不堪言的女人。办公室、百货店、工厂、电影院、裸舞馆。找遍这些地方，也同样不见踪影。就算跑到女子大学校园附近，透过墙垣朝里偷窥，或是跑到某某选美比赛的会场去寻找，抑或谎称是见习，溜进电影新人的选拔现场去物色，最后都是无功而返。

但万万没料到，猎物竟霍然出现在归途上。

当时他已经开始绝望了。正逢暮色降临，他一副忧郁的表情，徜徉在新宿车站背后一条从事黑市买卖的暗巷里。他甚至无心去造访那些所谓的情人。毋宁说一想到她们，就会不寒而栗。是的，必须与她们做个了断了。

"田岛先生！"

冷不防听见有人在背后叫他的名字。他吃了一惊，差点就跳了起来。

"呃，请问您是——"

"哎呀，瞧你这记性，真讨厌。"

嗓音很难听。就是所谓的乌鸦嗓吧。

"呃？"

他再次定睛看着对方。原来是他没有一下子认出对方来。

这女人，他是认识的。她是个黑市贩子，不，是专跑单帮倒卖配给物资的。尽管只和她做过两三次黑市交易，但她那一口的乌鸦嗓和一身惊人的蛮力气却让他记忆弥深。虽然是个瘦削的女人，但却轻易就能背起十贯①重的东西。她总是身穿散发着鱼腥臭的褴褛衣衫和工作裤，脚下套着一双长筒雨靴，让人分不清是男是女，感觉

---

① 一贯大约等于3.75公斤。——译注

就跟乞丐没什么两样。怪不得和她进行交易后，田岛忙不迭地就把手洗了个干净。

万万没想到，她竟然是个灰姑娘！此刻，她的一身洋装也尽显高雅的情趣。身材很苗条，手脚娇小得让人爱怜，年龄约莫二十三四，或者二十五六吧，脸上带着一抹忧愁，恍若梨花般透着幽蓝，显得高贵无比，正可谓绝世美人。做梦也没想到，这便是那个轻易就能背起十贯重量的黑市贩子。

尽管乌鸦嗓是她的软肋，但只要让她保持沉默不就得了。

这女人可以用来试试。

行进（二）

俗话说，人靠衣装马靠鞍。特别是这女人，仅仅是换了一身衣装，就彻底变成了另一个人。没准她原本就是个妖精。不过，能像她（她的名字叫永井绢子）那样摇身巨变的女人，毕竟还是凤毛麟角。

"看来，你是赚了不少啊。瞧，你今天这身打扮真够漂亮的。"

"瞧你说的，真是讨厌。"

她的嗓音的确很难听。顷刻间，那种高贵的感觉便烟消云散了。

"有件事想拜托你，不知……"

"你这个人呀，特抠门，就知道一个劲儿砍价……"

"不，不是买卖上的事儿。我呀，已打算洗手不干了。你呢，还在跑单帮？"

"这还用说？不跑单帮，喝西北风呀？"

她说话果然很粗俗。

"可瞧你这身装束，一点也不像呀。"

"我毕竟是个女人呗。偶尔也想打扮得漂亮点，看个电影什么的。"

"今天是去看电影啊？"

"嗯，这不，才看了回来。对了，那电影叫什么来着？是叫《放浪乱步记》……"

"应该是《徒步放浪记》吧。一个人去看的？"

"干吗问这个，讨厌。男人什么的，就是奇怪。"

"正是看中你这一点，才有事拜托你呢。能不能耽搁你一小时，不，三十分钟也成？"

"是好事吧？"

"肯定不会让你吃亏的。"

两个人并肩走着。擦肩而过的路人，十有八九都会回过头来看着他们。不，不是看田岛，而是看绢子。田岛固然也算是个美男子了，可今天在绢子的气度面前也只能甘拜下风，看起来是那么黯淡寒碜，就仿佛一朵鲜花插在了牛粪上。

田岛把绢子带进了他常去的黑市料理店。

"这里，有什么店家推荐的招牌菜吗？"

"对了，炸猪排貌似是他们的招牌菜呢。"

"那我就点这个了。我呀，肚子可真是饿坏了。除此之外，他们还能做什么菜？"

"一般的菜，基本上都能做吧，不过，你究竟想吃什么呢？"

"想吃这里的拿手菜。除了炸猪排，就没有别的了吗？"

"这里的炸猪排，有很大一块哟。"

"真抠门。得了，你就拉倒吧。我还是去里面问问。"

这女人有一身蛮力气，还特别能吃，但又的确是个绝世美人。可不能让她跑了。

田岛喝着威士忌，一边不耐烦地看着绢子没完没了地进食，一边说起自己想拜托她的事。绢子继续吃着，不知道是在听还是没听，貌似对田岛说的话根本不感兴趣。

"你会答应我的吧？"

"真是个混蛋，你这人。怎么一点出息都没有！"

行进（三）

对方出其不意的尖锐言辞，让田岛不禁有些畏惧。他说道：

"是呀，就是因为没有出息，才拜托你的呀。我现在真是一筹莫展呢。"

"用得着把事情搞那么复杂吗？要是腻了，索性从此不见面，不就得了吗？"

"哪能做出那么绝情的事儿呀。兴许对方今后也要结婚，或者还要另找新的情人，但我毕竟觉得，还是应该让对方自己来做出选择，而这也是作为男人的责任。"

"噗——这算哪门子责任！口口声声说要分手什么的，可还不是想藕断丝连？瞧你这副好色鬼的嘴脸。"

"喂喂，你说话再这样失礼下去，我可要生气了。失礼也该有个限度吧。瞧你，就只知道在那里使劲地吃。"

"能来点甜白薯泥吗？"

"你还要吃呀?你这是在做胃扩张吗?你这分明是一种病嘛。还是去请医生看看吧。从刚才起你就吃了不少。还是适可而止吧。"

"你果真很抠门。女人嘛,吃这么多,算是很普通的。那些才吃一点就说'哎呀,我吃得够多了'的大小姐,其实是为了保持身材,故意装样子罢了。我可是有多少就能吃多少的。"

"行了,已经行了,对吧。这个店可不便宜哟。你平常总是这么能吃吗?"

"开什么玩笑?只是在别人请客的时候才这样呢。"

"那么,这样吧。今后,你想吃多少我都请你,不过,你也得答应我拜托你的事儿。"

"不过,那样一来,我就得撂下自己的活儿不干,所以满亏的。"

"那个会另外补偿你的。你平常做生意耽搁了的损失,我会每次都付给你的。"

"只是跟着你到处走走,就行了?"

"嗯,是的。只是有两个条件。第一,在其他女人面前,你不要说一句话。这一点就拜托你了。笑一笑呀,点点头呀,摇摇头什么的,你最多这样就行了。其次,在别人面前,不准吃东西。只和我单独在一起时,你再怎么吃都没关系,但只要有其他人在场,你就最多只限于喝杯茶吧。"

"此外,你还会另付我钱吧?你这人很抠门,不会骗我吧。"

"不用担心。其实我这次也是孤注一掷。如果失败了,也就是全军覆没。"

"就是所谓的'覆水一战',对吧?"

"覆水一战?你这个傻瓜,是'背水一战'哪。"

"啊?是吗?"

她一副满不在乎的表情,而田岛倒是变得越发不耐烦了。不过,她是那么美,有一种凛然绝伦的高雅气质,俨然来自另一个世界。

炸猪排、鸡肉可乐饼、金枪鱼的生鱼片、乌贼鱼的生鱼片、中华面、鳗鱼、火锅、牛肉串烧、寿司拼盘、海虾沙拉、草莓牛奶。

这一切都被扫荡一空了,可现在,她居然还要甜白薯泥!该不会每个女人都这么能吃吧?不,抑或真的有这种可能?

行进（四）

绢子的公寓位于世田谷一带，她说，早晨她通常都要去跑跑单帮，但下午两点以后，基本上都是闲着的。于是，田岛就和绢子约定，每周选一个合适的日子，先打个电话联络好在哪里碰头，会合后再一起前往田岛打算分手的女人那里。

几天后，两个人的首站目标选择了日本桥某个公寓内的美容院。

前年冬天，喜欢打扮的田岛溜达着偶然进了这家美容院，在这里烫头发。这里的"美容师"名叫青木，年龄在三十岁左右，是所谓的战争遗孀。与其说是田岛去勾引对方的，还不如说是女人一方主动贴上来的。青木每天都是从筑地的公寓来日本桥的店里上班，而收入仅勉强够她维持自己的生活。于是，田岛就开始资助她生活费。如今，在筑地的公寓里，田岛和青木的关系已是众所周知的秘密。

不过，田岛却很少在青木上班的店里抛头露面。因为田岛认为，像他这样高雅的美男子出没在店里，肯定会妨碍她做生意。

可今天，田岛却出人意料地带着一个绝世美人，翩然出现在她的店里。"诸位好！"他先是有些见外地寒暄了一声，然后说道，"今天把内人也带来了。是这次从疏散地把她接回来的。"

寥寥数语，已传达了所有的弦外之音。青木长得眉清目秀，肌肤白皙，而且显得聪明伶俐，也是个不同凡响的美人。但和绢子放在一起，就像千金小姐脚上的银靴子与士兵脚上的大筒靴一样，还是相距悬殊。

两个美人默默地点头以示寒暄。青木脸上已经是欲哭无泪的卑屈表情。显然，两者间的胜负已经昭然若揭。

前面也说过，田岛对女人不乏诚实的一面，从未向女人们隐瞒过自己已婚的事实，而且一开始就坦白道，老婆和孩子现在暂时疏散在乡下。从今天的架势看，这回是"尊夫人"终于现身了，而且还如此年轻、高贵，富有教养，堪称绝世美人。

青木除了欲哭无泪，别无他法。

"请帮我夫人打理一下头发吧。"田岛乘胜追击，试图给对方最后一棒，"据说，不管是在银座，还是别的地儿，都找不着您这样手艺高超的美容师呢。"

这倒也不纯粹是奉承话。事实上，青木的确是个手艺精湛的优秀美容师。

绢子面朝镜子坐了下来。

青木把白色的肩披搭在绢子身上，开始梳理绢子的头发。她的双眼盈满了泪水，似乎随时都要夺眶而出。

绢子一副若无其事的表情。

倒是田岛离开座位，走了出去。

行进（五）

绢子刚做完头发，田岛就悄悄走进美容室，将一寸厚的一扎纸币塞进青木白色上衣的口袋里，怀着近于祈祷般的心情，在她耳边低声耳语道：

"Good-bye！"

那声音像是在安慰，又像是在道歉，带着温柔而哀切的口吻，让他自己也备感意外。

绢子一声不吭地站了起来。青木也默默无语，只顾着整理绢子坐皱了的裙子。田岛则一步当先走出了门外。

啊，分别是如此痛苦。

绢子面无表情地从后面跟了上来，说道：

"其实，也并不咋地。"

"你是指？"

"烫发技术呗。"

混蛋！田岛真想大骂一声绢子，但考虑到是在百货店里，就只好忍住了。田岛心想，青木这个女人，从来不说别人的坏话，也不向我要钱，还经常给我洗衣服。

"这样，就算结束了？"

"嗯，是的。"

田岛的心被一种无尽的悲凉给裹挟住了。

"这么轻易地就分手了，那女人也太窝囊了。不是也还算个美人吗？既然还有那份姿色……"

"给我住口！什么叫'那女人'？不准再用那种失礼的称呼了。她可是个大好的老实人哟。和你不一样。总之，你给我住嘴！一听到你那乌鸦嗓，我就忍不住抓狂。"

"我的妈呀，那可就不好意思了。"

哇，多么粗俗的说法！田岛真的觉得自己快要崩溃了。

出于奇怪的虚荣心，田岛与女人在一起时，总是事先把钱包交给对方，让女人去付账，假装自己对账单漠不关心，一副阔佬的派头。但迄今为止，还没有一个女人不征得他同意就擅自买东西的。

但这个嘴上挂着"不好意思"的女人却泰然自若地破例了。在百货店里，到处是昂贵的商品。她会毫不犹豫地专挑高档商品，而且尽是些优雅无比、品位不凡的东西，让人觉得不可思议。

"能不能给我适可而止！"

"果真是抠门！"

"接下来，你又要去狂吃一番吧？"

"好吧，今天就算我为了你忍一忍吧。"

"把钱包还给我。从现在开始，用钱不准超过五千日元。"

眼下哪里还顾得上虚荣和面子。

"我才用不了那么多呢。"

"胡说，你不是用了吗？一会儿看看钱包里剩余的钱，就知道了。你肯定花了一万日元以上。要知道,上次带你去吃的料理也不便宜哟。"

"如果是那样,我们就到此为止吧,怎么样?说来,又不是我自个儿愿意跟着你这样走来走去的。"

这话近于一种威胁。

田岛只有一阵叹息。

大力士（一）

不过，田岛原本也不是省油的灯。既然他靠帮人做黑市买卖，一下子就能轻松获利数十万，就足以证明他是个精明能干之人。

就性格而言，他绝不是那种被绢子大肆挥霍，还能默默表现出宽容美德的人。如果不能得到相应的回报，他是绝不肯罢休的。

你这个可恶的家伙！嘚瑟什么呀？看我怎样把你变成我的女人！

分手的行动就姑且暂缓一步吧。我要首先征服那家伙，让她变成一个彬彬有礼、温顺而节俭的小胃口女人，然后再继续实施分手计划。照现在这样下去，只会枉费钱财，不可能推进分手计划。

胜利的秘诀就在于：不让敌人靠近，而是主动打入敌营。

根据电话簿，他查到了绢子公寓所在的街区门牌，准备主动出击。他提上一瓶威士忌和两袋花生就出发了，心想要是饿了，就让绢子给做点什么吃的。他还打起了如意算盘，心想，自己只管大口大口地喝下威士忌，佯装着喝醉的样子，就直接睡在绢子那里好啦，接下来嘛，那女人就该是我的了。关键是，这一招绝对划算，还可以省下在外住宿的房费。

在女人面前，田岛向来是个自信爆棚的人，可现在居然想出如此粗暴、无耻、下作的攻略，看来的确是抓狂了。也许是被绢子花掉了太多的冤枉钱，神经有些失常了吧。应该克制色欲这一点就自不用说了，人如果过分纠结于金钱，整天只想着赶快收回成本，其后果也必然堪忧。

这不，田岛因为过于憎恨绢子，竟制订了丧失人性的卑鄙计划，结果招致了差点丢掉性命的大灾难。

傍晚，田岛终于找到了绢子位于世田谷的公寓。这是一栋老式的二层木制建筑，显得阴气十足。一爬上楼梯，尽头处就是绢子的房间。

他敲了敲门。

"谁呀？"

里面传来了乌鸦嗓的声音。

打开门，田岛吓了一跳，顿时站住了。

屋子里到处乱七八糟，还散发着一股恶臭。

哇，好不凄凉。是一个四铺席半的房间。只见榻榻米的外表已经黢黑到油光发亮，还像波浪般高低不平，压根看不到榻榻米的四个边。整个房间堆满了像是用来跑单帮的工具，比如石油罐、苹果箱、1.8公升装的酒瓶，还有裹在包袱皮里的不明物品，像是鸟笼似的东西、纸屑等等，显得杂乱无章，几乎找不到下脚之处。

"怎么，原来是你呀！干吗来了？"

绢子又回到了几年前见到她时的那种乞丐装束。身上穿着又脏又破的工作裤，完全看不出是男是女。

房间的墙壁上贴着一张互助信贷公司的宣传画。此外，其他地方就再也找不着堪称装饰的东西了。就连窗帘也没有。难道这就是一个二十五六岁姑娘的房间？屋子里点着一盏昏暗的小灯，尽显凄凉和阴森。

大力士（二）

―

"就是来玩玩。"田岛毋宁说被一种恐惧感攫住了，声音也不由得变成了绢子式的乌鸦嗓，"不过，我可以下次再来的。"

"你肯定有什么算计吧。因为你是一个不会白跑路的人。"

"哪里哪里，今天嘛，真的是……"

"还是爽快点吧。你呀，有点太磨叽了……"

可是，眼前这房间也未免过于寒碜了。

莫非要在这里喝威士忌？哎，早知如此，就该买更廉价的威士忌来了。

"才不是磨叽，只是爱干净罢了。瞧你今天，不是也太邋遢了吗？"

田岛紧蹙着眉头，说道。

"今天呀，我背了有点沉的东西，所以有些累，就睡了个午觉，直到刚才才醒来。哦，对了，有好东西呢。要不要进屋里来？这东西还满便宜的。"

貌似绢子想的是买卖上的事儿。说到赚钱，那可跟房间脏不脏没关系了。于是，田岛脱下鞋子，选了个榻榻米上还算干净的地方，就那样穿着外套，盘腿坐了下来。

"你，应该喜欢吃乌鱼子吧？看你平时挺爱喝酒的。"

"那可是我的大爱。你这里有吗？就请拿出来招待我吧。"

"开什么玩笑。那就赶快交钱吧。"

绢子真是恬不知耻，居然把右手伸到了田岛的鼻尖前。

田岛一副受够了的表情，扭着嘴说道：

"看到你的所作所为，觉得整个人生都好虚幻。快收回你的那只手吧。乌鱼子什么的，我才不要呢。那是马吃的东西。"

"我会便宜卖给你的，真是个傻瓜。真的很好吃哟，是正宗产地的正牌货。别磨蹭了，快把钱拿出来吧。"

她晃动着身体，似乎并不打算把手收回去。

不幸的是，乌鱼子的确是田岛的大爱，喝威士忌的时候，只要有这玩意儿，就一了百了了。

"好吧，那就来一点吧。"

田岛有些气恼地把三张大纸币放在了绢子的手心上。

"再来四张。"

绢子若无其事地说道。

田岛吃了一惊，说道：

"混蛋，还是给我合适点吧。"

"果然很抠门。要不，就大大方方地买下一整块吧。别像在买柴鱼片似的，还要人家切下一半来卖给你。真抠门。"

"那好吧,就来一整块吧。"

到此,就连磨叽的田岛也终于爆发了,说道:

"好啊,一块、两块、三块、四块,这样该行了吧。快收回你的手!我真想见识见识,生下你这种无耻之人的父母究竟长的什么样。"

"我也想见识一下呢。要是看到他们,我还想捆他们几巴掌,问他们,干吗扔下我?一旦被扔掉,就算再新鲜的青葱也会马上枯掉的。"

"算了,别跟我提身世什么的,好无聊。把杯子借我用一下。从现在开始,就只想着威士忌和乌鱼子了。对了,还有花生呢。这个给你。"

大力士（三）

田岛把威士忌倒在大杯子里，"咕咕咕"地两口就喝干了。本来今天是打定主意让绢子请客的，不曾想反被她强卖了所谓"正宗产地"的高价乌鱼子。眨眼之间，只见绢子毫不手软地把一大块乌鱼子全部切成小片，满满地盛在一个脏兮兮的大碗里，再一股脑儿撒上味精，说道：

"请用吧。味精就算我请客了，别介意。"

这么一大碗乌鱼子，是怎么也吃不完的。何况还撒上了味精，简直就是胡来。田岛顿时露出了痛苦的表情。就算是把七张纸币放在蜡烛上一烧了之，也不会涌起如此惨痛的损失感吧。实在是浪费，而且毫无意义。

田岛怀着欲哭无泪的心情，从满满的碗底夹起一片幸好没被撒上味精的乌鱼子，一边吃，一边惶惶然地问道：

"你，自己做过饭吗？"

"要做是当然能做啦。只是嫌麻烦，不做罢了。"

"洗衣服呢？"

"你别门洞里看人。说来，我还算挺爱干净的呢。"

"挺爱干净的？"

田岛茫然地环视着恶臭弥漫的凄凉房间。

"这个房间嘛，原本就是这么脏，根本无法整理。再说我不是还在做生意吗？所以，屋子里免不了乱堆些东西。来，让你瞧瞧壁橱吧。"

她站起来，一下子打开了壁橱。

田岛顿时看傻了眼。

里面整洁干净，井然有序，散发着光芒，甚至还飘来馥郁的香味。衣柜、梳妆镜、行李箱，木屐箱上面还摆放着三双小巧可爱的鞋子。换句话说，这个壁橱就是有着乌鸦嗓的灰姑娘悄悄拥有的魔法密室。

很快，绢子又"啪"地关上了壁橱，从田岛身边挪开一点距离，很随意地坐了下来。

"一个星期好好打扮一次，这就够了。又不想讨男人的欢心。平常就穿成这个样，正好。"

"不过，那条工装裤是不是太邋遢了点？看起来也不卫生。"

"你这话啥意思？"

"好臭。"

"假装优雅，有什么用？你不也一样，总是一身酒臭吗？这味，闻着就不爽。"

"也就是说，我们是臭味相投的一对？"

随着酒劲逐渐上来，房间凄凉的景象，还有绢子一身乞丐般的装束，都不再让田岛心怀芥蒂了。毋宁说心中燃烧起一种欲望，要去实施一开始就制订的计划。

　　"不是有句话说，'不打不成交，越打越亲热'吗？"

　　这种挑逗方式未免太下作了吧。但男人每到这种场合，即便是所谓的大人物或大学者，都是采用这种愚蠢的说话方式来勾引女人的，而且常常出乎意料地获得成功。

大力士（四）

"能听见钢琴声呢。"

他越发装腔作势起来，故意眯缝着眼睛，侧耳倾听着远处传来的广播声。

"你也懂音乐？明明就是一副音痴相。"

"你这个傻瓜，不知道我是音乐通呀？如果是名曲，我巴不得听一整天呢。"

"那曲子，叫什么？"

"肖邦。"

当然是在信口开河。

"咦？我还以为是越后狮子舞的音乐呢。"

两个音痴之间的这场对话，显然是前言不搭后语。田岛感到实在是索然无趣，就很快换了一个话题。

"想来，你以前也是和人谈过恋爱的，对吧？"

"说什么蠢话。我可不像你那么淫荡呢。"

"还是注意一下你的用词吧。真是个粗俗的家伙。"

田岛蓦地感到很不痛快，更是大口地喝着威士忌。看来，恐怕已经取胜无望。但就此败下阵来，又会有损于身为好色男人的名誉。无论如何，都必须坚持到取得胜利。

"恋爱和淫荡，根本就是两码事呢。你真是什么都不懂。就让我来教教你吧。"

说着，田岛也不能不为自己那种下流的口吻感到不寒而栗。这可不成。虽说时间早了点，但还是装着喝醉了，就这样躺下睡了吧。

"啊，怎么这就醉了啊。因为是空腹喝的酒，所以醉得不轻吧。让我在这里借个地儿躺一下吧。"

"这怎么行？！"

乌鸦嗓一下子变成了怒吼声。

"别以为我好骗！我早就看穿你的把戏了。想在这里过夜，那就拿五十万，不，一百万出来！"

这下全盘皆输了。

"你犯得着那么动怒吗？只因为喝醉了，才想在这里……"

"不行，不行，快给我回去！"

绢子站起身，打开了房门。

这时的田岛早已黔驴技穷，只好使出了最丑陋、最卑鄙的一招。他站起身，冷不防想抱住绢子。

只听到"乓"的一声，田岛的脸被拳头猛揍了一下。他不由得发出了"啊"的一声怪叫。就在这一瞬间，田岛想起绢子是个轻易就能背起十贯重量的大力士，不禁直打哆嗦，说道：

"请饶了我吧。你这个强盗。"

他发出一阵奇怪的叫声后,赤着脚跑出了门外。

绢子镇定下来,关上门。

过了一会儿,门外传来了田岛的声音:

"喂,对不起,我的鞋……另外,如果有绳子之类的东西,拜托你给我。我的眼镜脚坏了。"

在作为好色男人的历史上,这可是从未有过的奇耻大辱。田岛懊恼得怒火中烧。他用绢子施舍给他的红绳子临时绑住眼镜,再挂在两只耳朵上,有些自暴自弃地呻吟着,说道:

"谢谢!"

说完,他一下子冲下了楼梯。不料途中踩虚了一步,顿时发出了一声尖叫。

冷战（一）

田岛绝不甘心在永井绢子身上投入的资本付之东流。说来，他还从不曾做过如此亏本的买卖。一定得千方百计地利用她，发挥她的价值。不收回成本，岂不冤枉？不过，那家伙可不好对付，是个大力士，还是个大饭桶，再说又贪婪无比。

天气渐渐转暖了，各种花儿也开了，唯独田岛一个人陷入了深深的忧郁中。从那个彻底溃败的夜晚算起，又过去了四五天。他新配了一副眼镜，脸颊上的红肿也已消退，先给绢子的公寓打了一个电话。他琢磨着，要向绢子展开一场思想战。

"喂喂，我是田岛呢。前一阵子，我喝得烂醉，真是不好意思，哈哈哈……"

"女人家一个人过日子，难免会遇到各种状况。才没放在心上呢。"

"哪里哪里，那以后我也认真地想了很多，结果呢，还是决定和那些女人一刀两断,买一间小小的屋子,把妻儿从乡下接回来,重新建立一个幸福的家庭。不知道,这在道德上是不是说不过去呀?"

"你说的话,让我总觉得不明就里,不过,每个男人都是一路货色,一旦攒了钱,都会净想些放不上台面的奇怪事情吧。"

"所以你的意思是,这样做不对,是吧?"

"不是挺好吗?看来,你是攒了相当多的钱吧?"

"不要口口声声都是钱……我是问,关于道德上,也就是思想上的问题,你有什么想法?"

"我什么想法都没有,对于你做的事儿。"

"当然,你那么说是没错,不过,我觉得嘛,我这么做是对的。"

"如果是那样,不就得了吗?我要挂电话了。那些废话,我才不想听呢。"

"不过,对于我来说,却是关系到死活的大问题。我觉得,道德上的问题还是必须得重视的。你就救救我吧,对,求你救救我。我就是想做好事呢。"

"你今天好奇怪。不会是又想装着喝醉了的样子,来干什么坏事吧?我才不会上当受骗呢。"

"别数落我。其实,人都有一种从善的本能。"

"可以挂电话了吧?没别的事儿了吧?刚才起就一直想撒尿,正憋得我原地跺脚呢。"

"请稍等一会儿,对,就一会儿。一天付给你三千日元,怎么样?"

思想战转眼间演变成了金钱战。

"还要招待我吃饭吧?"

"这个就饶了我吧。最近,我的收入也着实少了很多。"

"没有一张(一万的纸币),那可不成。"

"就五千吧,好不好,就这样办吧。因为这是道德问题。"

"我要尿了。你就高抬贵手吧。"

"就五千,求你了。"

"你呀,还真是个混蛋呢。"

电话那头传来了"哧哧哧"的窃笑声。看来,她是答应了。

冷战（二）

既然这样，那就只能最大限度地利用绢子了。除了一天付给她五千日元之外，绝不再招待她一片面包、一杯水。对绢子若是不尽其所用，实在是亏大了。总之，温情是最大的忌讳，很可能招致自身的毁灭。

田岛曾被绢子猛揍一拳，发出了奇怪的尖叫，这反倒让田岛心生一计，决定好好利用绢子身上的蛮力气。

在田岛的所谓情人们中间，有一个叫作水原景子的人，年龄不到三十岁，是一个不算太高明的西洋画画家。她在田园调布①租了个两室的公寓，其中一间用作起居室，另一间则用来做了画室。有一天，她带着某个画家的介绍信来到《OBELISK》编辑部，红着脸，战战兢兢地问，能不能让她给杂志画点插图什么的。田岛觉得她很可

---

① 位于东京，是日本最著名的高级住宅区之一。

爱，决定尽微薄之力来接济她的生活。水原性格温和，沉默寡言，还是个爱哭的女人。不过，她哭的时候，绝不会疯狂地大声嚷叫。正因为哭起来就像纯洁的小女孩一般楚楚可怜，所以，倒也并不让人讨厌。

不过，这女人有一点特别棘手，那就是她有个哥哥。她哥哥曾在满洲当过很长时间的兵，自幼就是个蛮横不讲理的人，而且身强力壮，体形彪悍。当田岛最初从景子那里听到她哥哥的事儿时，便觉得浑身不对劲儿。显然，她这个身为军曹或是伍长的哥哥，对田岛这个好色男人来说，打一开始就成了不祥的存在。

这个哥哥最近从西伯利亚那边回来了，而且就一直住在水原的公寓里。

田岛特别不愿意与这个哥哥碰面，所以，先给景子的公寓打了个电话，想把她约出来见面，不料这一招根本就行不通。

"本人是景子的哥哥，不知你……"

电话那边传来的声音非常有力，一听就知道，是出自一个彪悍的男人。原来，那家伙果然还在那里呢。

"我是杂志社的人，想找水原老师谈谈画稿的事儿……"

田岛说到最后几个字时，声音都在不住地颤抖。

"不行。她感冒了，正躺着呢。眼下，工作的事儿就免了吧。"

真不走运。看来，想要把景子约出来，似乎不太可能。

但是，如果因畏惧这个哥哥，而一直拖着，不赶快和景子分手，这对景子而言，似乎也是有失礼数的。再说，既然景子因感冒而卧病在床，还有个从军队回来的哥哥赖着不走，想必也急需钱用吧。所以，兴许这反而是一个好机会。田岛寻思着，到时候给病人说一些体贴好听的安慰话，再悄悄递给她一笔钱，这样一来，就算是当兵的哥哥，也不会出手打人了吧。没准比景子还感激涕零，主动找自己握手也说不定。不过，若是万一对我大打出手的话……到时候，我就索性躲到永井绢子这个大力士的背后去好啦。

这样一来，就算是让永井绢子物尽其用了。

"这样行不？尽管我倒是认为应该没什么问题，但那边有个蛮横粗暴的男人。如果他敢动武的话，就请您轻轻挡住他好啦。不过也没什么好怕的，貌似那家伙很弱，不难对付的。"

不知不觉之间，他对绢子说话的口吻已悄然改变，开始显得彬彬有礼了。

（未完）

灯笼

❖

　　我越是辩解，人们就越是不相信我。所遇之人，每一个都在提防我。原本去看望对方，只是出于思念，想见个面而已，可他们却对我报以奇怪的眼神，像是在追问我，你来有何贵干。真让人受不了。

　　我已经哪儿也不想去了。就算是去附近的澡堂，我也会专挑黄昏的时候。是的，我不想被任何人瞧见。可就算如此，在这仲夏时节，我的浴衣雪白地飘浮在暮色中，还是会觉得特别扎眼，让我手足无措，困惑得要死。昨天和今天，气温明显转凉，已经进入了该穿哔叽布料的季节了，所以，我打算立马换上黑色的单衣。穿着这身衣装，度过秋、冬、春三季后，又会是夏天，我将不得不重新穿上白色浴衣走在大街上。倘若如此，这不是太过分了吗？我有一个心愿就是，至少在明年夏天之前，可以身着牵牛花纹的浴衣大摇大摆地走在路上，可以化着淡妆穿行在庙会拥挤的人群中。一想到那种快乐，我的心此刻就禁不住怦怦直跳。

　　我偷了别人的东西。这没错！我并认为自己做了好事。但是……不，还是让我从头道来吧。我是在对神灵说话。我不指望人们会相信我说的。而愿意相信的人，就相信好啦。

　　我是穷木屐匠的独生女儿。昨天夜里，我正坐在厨房里切葱子时，突然从背后的空地里传来了小孩子的哭叫声："姐姐！"那哭声听起来是那么可怜，我不禁停住手，陷入了思考。要是我也有个那么依恋我、哭喊着要我的弟弟或妹妹，兴许我就不会这么落寞了吧。一想到这里，被葱味熏着了的眼睛顿时热泪盈眶。我用手背揩了揩眼泪，不料，葱味刺激着泪腺，反倒让眼泪越发流个不停，真不知如何是好。

"那个任性的姑娘终于犯花痴了。"

从理发店传出这种流言，是在今年的叶樱时节。那时，瞿麦花、菖蒲花也被摆上了庙会的夜店，真的是好快乐。一到黄昏，水野先生就会来接我。而我不等天黑便换上和服，化好妆，在家门口反复地进进出出。附近的人们一看见我那副模样，就悄悄指着我，交头接耳地笑着说："那个木屐匠家的咲子开始犯花痴了。"不过，这是我后来才渐渐知道的。或许父母也依稀有所察觉吧，但什么也没说。今年我快二十四岁了，但既没有出嫁，也没有招到女婿。想来，家里贫寒也是原因之一吧，不过，再一点就是，母亲曾是这个城里一个有权势的地主的小妾，在和父亲好上后，便不顾地主的前恩，私奔到父亲家，不久便生下了我。据说我的五官既不像地主，也不像父亲，这无形中缩小了我的结交范围。有一阵子，在人们眼里，我几乎成了见不得人的人。因为是这种家庭的女儿，没有姻缘也是理所当然的吧。不过，凭着我的这副长相，就算是出生在有钱的华族家里，没准儿也照样是缺乏姻缘的命吧。即便这样，我也并不恨自己的父亲，也不恨自己的母亲。我就是父亲的亲生女儿。不管别人说什么，我都坚信不疑。父亲和母亲都对我百般疼爱。我也常常安慰父母。父母都是软弱的人，就连对我这个亲生女儿也避让三分。我认为，对软弱胆怯的人，需要大家一起去好好呵护。为了父母，不管多么痛苦多么悲凉，我都要忍耐下去。但自从认识水野先生之后，我在孝敬父母上也有所慢怠了。

说起来都不好意思。水野先生比我小五岁，是商业学校的学生。但还是请宽恕我吧，因为我别无他法。说来，和水野先生认识，是在今年春天。当时我左眼害了眼病，去附近看眼科医生，在医院的候诊室里见到了他。我是一个天生容易一见钟情的女人。他和我一样，左眼上缠着绷带，很不舒服地紧锁着眉头，不断翻弄着小小辞典的页码，在查阅着什么。他的样子看起来是那么可怜。我因为也缠着眼带，情绪有些抑郁，正透过候诊室的窗户眺望着外面的椎树。椎树的嫩叶被强烈的热气浪裹挟住，看上去就仿佛燃烧着蓝色的火焰。外界的一切都恍如是在遥远的神话国度里。而水野先生的脸就俨然来自于天上，尽显美丽和尊贵。我想，之所以有这种感觉，肯定也是眼带在使魔法吧。

　　水野先生是个孤儿。没有人待他像亲人。原本他们家是一个规模不小的药材批发商，但母亲在水野还是婴儿时就过世了，而父亲在他十二岁时也离开了人间。从那以后家道中落，两个哥哥和一个姐姐分别被远亲带走，而身为小儿子的水野则被药店的掌柜收留下来。虽说如今在上商业学校，但好像每天都过得很抑郁和落寞。他亲口对我说过，只有和我一起散步的时候，才是快活的。单说日常需要的物品，他也常常捉襟见肘。这不，今年夏天，他说和朋友约好了，要去海滨游泳，但脸上看不到半点高兴的样子，反倒一副被打蔫了的神情。就在当晚，我偷了东西，偷了一条男式泳裤。

　　我悄悄走进城里规模最大的大丸百货店，装着随意挑选女式便服的样子，随手把背后的黑色泳裤拽过来夹在腋下，静静地离开了百货店。可不等我走出两三间[①]的距离，身后就传来了"喂，喂"的

[①] 间是日本中世纪以来测量土地用的惯用单位，因时代不同长度略有变化。根据1891年制定的度量衡法，1间约等于1.818米。——译注

叫喊声。顿时，我被一阵恐惧感攫住了，真想"哇"地大叫一声，立马疯了般的撒腿就跑。"小偷！"刚听见背后的这声大喊，肩膀就被猛地一拍，身体跟着打了个趔趄。就在我回头的瞬间，脸上也挨了一拳。

我被带到了警局。在警局前面，聚集了一片黑压压的人群，全都是城里熟悉的面孔。我的头发散乱着，大腿也从浴衣的裙裾下露了出来。我知道，此刻自己惨不忍睹。

警察让我坐在警局里面一个铺着榻榻米的小屋里，开始问各种问题。那是一个二十七八岁的讨厌警察，有着白皙的皮肤和细长的脸型，还戴着一副金边眼镜。在大致问过我的名字、地址、年龄后，他一一记录在了簿子上。突然，他嗤笑着问道：

"这是犯第几次了？"

我顿时毛骨悚然，一阵发冷。我实在找不到应答的话语。再磨蹭下去，就会被关进牢房，冠以重罪的。一定要巧妙地为自己开脱才好。我拼命搜寻着开脱的理由，却不知道该说什么才好，就恍如身在雾里雾中，别提有多么恐怖了。最后，终于迸出了一句吼叫般的话语，就连自己都备感唐突。不过，一旦开了口，就像被狐狸附身了似的，开始滔滔不绝地说个不休，俨然是疯了的节奏。

　　不要把我关进牢房！我不是个坏人。我都快二十四岁了。这二十四年来，我很孝顺，一直用心地伺候父母。我哪里不好了？从没有人在背后指责过我。水野先生是个很棒的人。要不了多久，就会成为了不起的人。这我知道。我就是不想让他没面子。他和朋友约好了，要去海滨游泳的。我希望他能跟其他人一样，有条像样的泳裤去海滨。这有什么不对的？是的，我是个混蛋。尽管混蛋，但还是想把水野先生打扮得漂漂亮亮的。他是个出身高贵的人。和其他人不一样。我怎么着都无所谓。只要他能漂漂亮亮地走到社会上，我就心满意足了。我有自己的工作。不要把我关进牢房。二十四岁之前，我没做过一件亏心事。不是一直拼命照料着软弱的父母吗？不要，不要。不要把我关进牢房。没理由把我关进牢房的。二十四年来，我努力了又努力，只因一念之差，动了手。不能仅仅因为这个，就把我之前的二十四年，不，我的整个一生都全盘毁掉啊。这可不行。这是不对的。我觉得这太荒唐了。这一生，就因为一次不小心让右手移动了一尺，就能构成偷盗成性的证据吗？这也太过分了。太过分了。不就是两三分钟的事儿吗？我还年轻。我今后的路还长着呢。我会像以前一样忍耐着，继续过艰难的穷日子。仅此而已。我什么都没变。还是昨天那个咲子。就凭一条泳裤，会给大丸百货店带来多大的麻烦呢？有些人就算骗了别人，诈了别人一千、两千日元，不，即使让别人破了产，不也照样受到众人的称赞吗？牢房究竟是为谁而设立的？尽是穷人被关进牢房里。在我看来，强盗也是值得同情的。他们肯定是一些无法欺骗别人，天性软弱而正直的人。因为他们不够狡猾，不像有些人那样靠欺骗别人来过好日子，而渐渐被逼上绝路，才做出那样的傻事，去抢劫两三个日元。并且，还因此不得不被投入牢房，关上五年、十年。啊，真是荒唐！荒唐！荒唐！怎么会这样？啊，真的是太荒唐了。

我一定是疯了吧？肯定是的。警察铁青着脸，目不转睛地盯着我。我突然对这个警察萌生了好感。我一边哭，一边勉强露出了微笑。看来，我是被当成了精神病人。警察小心翼翼地把我带到了警察署。那天夜里，我被留在了拘留所。到了早晨，父亲来接我，把我带回了家里。在回家的路上，父亲什么也没说，只悄声问了句："他们打你了吗？"

看见当天的晚报，我的脸倏地红到了耳根。上面刊登着我的事儿，标题是："顺手牵羊也有三分理，变态左翼少女大讲美丽词句。"耻辱还不仅仅如此。附近的人们开始在我家四周来回晃荡，最初我也不知道为什么，等我察觉到他们都是来窥探我的时候，我不禁直打哆嗦。我渐渐明白了，自己那个小小的动作引发了多么大的事件。当时，如果家里有毒药的话，没准我已经不假思索地喝了下去；如果周围有竹林的话，或许我早已平静地潜入其中，上吊自尽了吧。没过两三天，我们家就关掉了店门。

不久，我就收到了水野先生的信：

> 我是这个世界上最信任咲子的人。只是咲子教养不足。虽说咲子是个诚实的女性，但在环境上还是有所缺失。我一直努力试图帮你改掉那些地方，但毕竟有些东西很难改变。人不能没有学问。前些天和朋友一起去海滨游泳，关于上进心对于人的必要性，我们讨论了很长时间。用不了多久，我们就会变得伟大起来吧。所以，咲子，你以后也要谨言慎行，哪怕只有万分之一，也要为犯下的罪孽赎罪，向社会深刻地道歉。社会上的人，只会憎恶其罪，而不会憎恶其人。水野三郎（读后，请一定将本信烧毁，连同信封一道。切记。）

以上就是那封信的全文。是的，我忘了，水野先生原本是有钱人家的孩子。

　　如坐针毡的日子一天天过去了，眼下的天气已经变得这么凉了。今夜，父亲说，别因为电灯这么暗，搞得大家心情很郁闷，就把六铺席房间的电灯换成了五十烛光的灯泡。于是，一家三口人就在明亮的灯光下，一起用晚餐。母亲不停地念叨着"啊，好刺眼，好刺眼"，一边把拿筷子的手搭在额头上，煞是兴奋地嚷嚷着。我在一旁负责给父亲斟酒。原来，我们的幸福，就是给房间换个灯泡这样简单的东西。我就这样悄然自语着，但也并不感到有多么凄凉，反而觉得，就着这简朴的电灯，我们一家就如同绚丽的走马灯一样。啊，想来偷窥，就来吧！我们一家三口是美丽的。我的心中涌起了一种静谧的喜悦，甚至想把这一切告诉给在庭院里鸣叫的小虫子。

满愿

❖

　　这是距今四年前的事了。当时，我在位于伊豆三岛的一个朋友家的二楼上过夏天，写作《传奇》①这部小说。一天晚上，我醉醺醺地骑着自行车在街上乱跑，结果受了伤，把右脚脚踝上的部位摔了个口子。虽说伤口并不深，但由于喝了酒，流血不止，我便急急忙忙地跑去看医生。私人诊所的医生是个三十二岁的大胖子，模样酷似西乡隆盛②。他也醉得很厉害。当他醉醺醺地出现在诊疗室的时候，我觉得很有些滑稽。我一边接受治疗，一边偷偷地笑了。于是，医生也跟着哧哧地笑开了。到最后，两个人都忍俊不禁地齐声大笑起来。

　　打那一夜之后，我们便成了好朋友。比起文学，医生更热衷于哲学。我也觉得谈论那方面的话题更加轻松些，所以聊得颇为投机和起劲。医生的世界观属于那种也可以称之为原始二元论一类的东西。在他看来，世间万象全都是好人与恶人之间的交战。他的这种观点真算得上干脆痛快。尽管在我内心深处，竭力想相信爱这个单一神，但一听到医生关于好人与恶人的论点，郁闷的胸膛倒也蓦然感到一阵清爽。

　　医生举例道，为了款待夜里造访的我，立即吩咐夫人送上啤酒

---

① 太宰治于1934年发表的一篇小说名。——译注
② 西乡隆盛（1827—1877），日本政治家，被誉为明治维新的"三杰"之一。——译注

的医生本人就是好人，而笑着提议今晚不喝啤酒，改打桥牌（扑克牌的一种）的医生夫人，则是恶人。对于他举出的这种例子，我也诚恳地表示了赞同。虽说医生夫人是个小个子女人，长着一张大胖脸，但皮肤显得白皙而高贵。他们家没有孩子，夫人的弟弟却住在这里的二楼上，是一个在沼津商业学校读书的憨厚少年。

医生家订阅了五种报纸。为了浏览这些报纸，我几乎每天早晨都会在散步途中顺道折进他们家，打扰上三十分钟或是一个小时。从后门绕进去之后，坐在榻榻米房间的套廊上，一边呷着夫人端上来的凉麦茶，一边用一只手使劲摁住被风吹得哗啦作响的报纸，悠然地阅读着。在离套廊不到两间远的绿草地中央，有一条水量丰沛的小河缓缓地流淌而过。一个送牛奶的青年骑着自行车，打那条小河旁的羊肠小道穿行而过时，每天早晨都必定会朝着客居此地的我道一声"早安"。这时，有一个来取药的年轻女人。她穿着随意的便装，趿着木屐，给人一种清新洁净的感觉，经常和医生在诊疗室里说笑着，偶尔医生把她送到大门口，还大声地训诫她道：

"太太，您可得再忍耐一阵子哟！"

某一天，医生夫人向我透露了其中的原委，说那女人是一位学校教师的太太。三年前她丈夫患上了肺病，最近已经明显好转了。给她丈夫治病的医生拼命告诫那位年轻的太太，说眼下正是节骨眼上，夫妻间的那些事是务必禁忌的行为。年轻的太太遵守了医生的禁令。虽说如此，还是常常怪可怜地前来打听情况。每当这个时候，医生便会意味深长地狠心训斥道：

"太太，您可得再忍耐一阵子哟！"

八月底的一天，我亲眼目睹了一幅美丽的场景。清晨，正当我坐在医生家的套廊上浏览报纸时，侧身坐在我旁边的医生夫人低声对我耳语道：

"哇——她看上去多高兴啊！"

我猛然抬头望去，只见一个穿着便装的清新洁净的身影飞快地从眼前的小路上走了过去，还咕噜咕噜地转动着一把白色的阳伞。

"今天早晨终于解禁了哟。"夫人嗫嚅道。

"三年"，尽管一句话说起来简单，可是……我不禁思绪万千，感慨不已。随着岁月的流逝，那女人的身影在我眼里愈发美丽。或许那是出于医生夫人的唆使也说不定。

美男子与香烟

❖

迄今为止，我自认为都是在孤军作战，总觉得随时会败下阵来，心虚得不得了。但事到如今，又不可能去向那些自己一直轻蔑的家伙道歉认错，央求他们把我收入麾下。我还是只有一边独自喝着劣等酒，一边将我的战斗继续下去。

我的战斗。用一句话说，就是与陈旧事物之间的战斗。与那些司空见惯的矫情进行战斗。与那些露骨的伪装进行战斗。与那些小气的事和人进行战斗。

我甚至不惜向耶和华发誓。为了战斗，我已将自己的一切丧失殆尽。而我依旧不能不常常独自喝着闷酒，感到自己就要败下阵来。

那些守旧之人总是居心不良。他们恬不知耻，搬弄出一大通陈腐的文学论、艺术论，以此来践踏拼命萌发的新芽，并对自己的罪恶毫无察觉，让人不得不佩服。任凭你前拉后推，他们照样稳如泰山。他们贪生怕死，视财如命，想依靠出人头地来取悦于妻儿。他们还拉帮结派，相互吹捧，号称"团结一致"来欺负孤影之人。

我这就要败下阵来。

前几天，我正在某个地方喝着劣质酒，不料，走进来三个年迈的文学家。虽说与他们素不相识，他们却冷不丁围住我。当时，他们已醉得一塌糊涂，却八竿子也打不着地说起了我小说的坏话。我这个人就算再怎么喝酒，也不喜欢酒醉失态，所以，对他们的恶语中伤也只是置若罔闻，一笑了之。但回到家里，吃着迟来的晚餐时，突然觉得好憋屈，竟一下子呜咽起来，止也止不住。我放下饭碗和筷子，男人式地号啕大哭起来，对一旁伺候我的妻子说：

"明明人家这么拼命地写作，可大家却偏把我当作嘲弄的对象……那些人，是我的前辈，比我年长十到二十岁，却抱成一团来否定我……真是好卑鄙，好狡猾……算了，不说了。我也不会再谦让了。我要公然说前辈的坏话，我要战斗……真的是太过分了，太过分了。"

我一边不着边际地嘟哝着，一边哭得更厉害了。妻子一脸惊呆了的表情，说道：

"还是快去睡觉吧。"

说着，她把我安顿到了床上。倒上床后，我还在憋屈地呜咽着。

啊，活着本身就是一件讨厌的事。尤其是男人，更是活得痛苦而悲哀。总之，什么都得去战斗。而且，只能赢不能输。

痛哭过后几天，某杂志社的一位年轻记者前来登门造访。他向我提出了一个奇妙的建议：

"去看看上野的流浪汉吧？"

"流浪汉？"

"嗯，想拍张一起的合影。"

"我和流浪汉一起的？"

"是的。"他回答道，显得非常镇静。

为什么会特意选择我呢？说到太宰，就等于流浪汉。说到流浪汉，就等于太宰。难道这两者间存在着某种那样的因果关系吗？

"好的，我去。"

我这个人似乎有个癖好，难过得想哭时，反而容易条件反射似的与对方对着干。

我立刻站起来，换上西服，急匆匆地走出了家门，反倒像是我在催促那个年轻的记者。

这是冬天寒冷的早晨。我一边用手绢揩着鼻涕，一边默默无语地走着，心情一片黯然。

乘坐省线从三鹰站到了东京站，然后换乘市营电车，在年轻记者的带领下，先顺道去了杂志社。一走进会客室，他们就马上拿出威士忌来招待我。

想来，这种安排或许是出于杂志社编辑部的好意。在他们看来，太宰是个小心翼翼的人，如果不喝点威士忌壮壮胆，肯定就没法与流浪汉好好交谈。不过，老实说，拿来的那瓶威士忌颇有些诡异。说来，我也算是见识过千奇百怪各种酒的人，倒不是在这里故作高雅，但像这样喝独角威士忌，确实还是头一回。尽管酒瓶上贴着洋气十足的标签，瓶身也做工考究，但里面的酒却有些浑浊。该说是威士忌的浊酒吧。

但我还是喝了，"咕咕咕"地大口喝了下去。还向聚集在会客室的记者们劝酒，说："诸位也来一点吧。"但大家都只是笑着，谁也不喝。其实，我也有所听闻，聚集在此的记者们大都是酒中豪杰。但他们不喝，就连酒中豪杰也对威士忌的浊酒敬而远之。

只有我酩酊大醉，笑着说：

"这是干吗呀？你们这样不是很失礼吗？连你们都不喝的奇怪威士忌，却拿来招待客人，这不是太离谱了吗？"

记者们似乎意识到太宰开始醉了，必须趁他酒劲未退时，赶快让他与流浪汉见面。于是，他们不失良机地把我扶上车，径直开到上野站，将我带到了据称是流浪汉窝点的地下通道。

记者们这个周密的计划却不能说有多么成功。我下到地下通道里，目不斜视地径直朝前走着。在临近出口时，看见四个少年正站在烤鸡店前面抽烟，顿时觉得很不痛快，便走过去说道：

"别抽烟了！抽烟反而让肚子饿得更快。快别抽了！如果想吃烤鸡肉串，我来买给你们。"

少年们老老实实地扔掉了刚抽一半的香烟。全都是十岁前后的小孩子。我对烤鸡店的老板娘说道：

"喂，给孩子们一人一串。"

说完，我感到莫名地可悲。

这也可以说是在行善吗？真受不了。我蓦然想起了瓦莱里①的某句话，更是觉得受不了了。

倘若在俗人们的眼里，我当时的行为多少还算善良之举，那么，无论遭到瓦莱里怎样的轻蔑，我也只能认命。

瓦莱里说过，在行善时，必须随时心存歉意。因为没有什么比行善更刺伤人的了。

我像是患了感冒一般，蜷缩着腰身，大步走到了地下通道的外面。

四五个记者紧跟着我。

"怎么样？就跟地狱差不多吧？"

另一个则说：

"总之，就完全是另一个世界吧？"

还有一个说道：

---

① 瓦莱里（Paul Valery, 1871—1945），法国诗人，法兰西学院院士。

"你是不是大吃了一惊?请问,感想如何?"

我大声地笑了。

"像地狱?怎么会呢?说实话,我一点也不吃惊。"

说着,我朝上野公园的方向缓步走去。我渐渐变得话多起来:

"实话说,一路上我什么也没有看见。我只想着自己的痛苦,直视着正前方,匆匆地穿过了地下通道而已。不过,我总算是明白了,你们为什么会特意选中我,让我去看地下通道。肯定因为我是美男子呗。"

大家全都大笑了。

"不,这可不是开玩笑。你们没有发现吧,我就算目不斜视地朝前走着,也还是留意到了,那些横七竖八地躺在阴暗角落里的流浪汉,几乎个个都是长着端正面容的美男子。换句话说,美男子坠入地下通道生活的可能性更高。瞧,你们不也皮肤白皙,堪称美男子吗?所以,危险着呢。要当心哟。当然,我也会当心的。"

大家都哄然大笑了。

人喜欢妄自尊大,自我陶醉,不管别人怎么说,都照样自恋。但某一天很可能突然发现,自己正躺在地下通道的角落里,甚至失去了做人的资格。仅仅是径直走过地下通道,我便已真正感受到了那种战栗。

"美男子这一点姑且不论,你还有其他什么发现吗?"

被这样一问,我回答道:

"还有就是,香烟。看起来,那些美男子们都没有醉酒,而只是在抽烟。说来,香烟也并不便宜,对不?既然有钱买香烟,那至少该买得起一床草席或一双木屐,是吧?可他们就那样直接躺在水泥地上,打着赤脚,吧嗒着香烟。人啊,不,现在的人啊,无论坠入怎样的深渊,就算一丝不挂,也做不到不抽烟吧。这并非在说别人。事实上,那种心情我也能体会到。看来,这越来越为我的地下通道之行增添了现实性呢。"

来到了上野公园前面的广场。刚才那四个少年正沐浴着冬日正午的阳光,兴高采烈地嬉戏着。我游荡着,不由自主地朝少年们那边走去。

"别动,就那样!"

一个记者把镜头对准我们这边,"咔嚓"一声按下了快门。

"这次,笑一笑!"

那个记者看着镜头,再次高声叫道。一个少年看着我的脸,说道:

"这样相互看着,忍不住会笑的。"

说着,他笑了。被他一逗,我也笑了。

天使在天空中飞舞。听从神的意志,天使隐去翅膀,宛如降落伞一般,飘落到世界上的每个角落。我飘落在了北国的雪原上,你飘落在了南国的柑橘地里。而这群少年则飘落在了上野公园。差别仅此而已。少年们啊,从今以后,无论你们如何长大,都不要太在意自己的容貌,不要抽烟,也不要喝酒,除非逢年过节。而且,要持之以恒地去爱一个姑娘,一个腼腆而又有点臭美的姑娘。

附记

后来,记者给我拿来了当时拍下的照片。一张是我和流浪儿相视而笑的照片,另一张则是我蹲在流浪儿面前,握住一个流浪儿的脚,一副非常奇妙的姿势。如果这张照片日后上了杂志,或许又会引来人们的误解吧,说太宰真是个矫情的家伙,故意装着基督的样子,模仿基督在《约翰福音》中给弟子洗脚的场面,真是恶心!——对此,我想声明一句。我只是出于好奇,想看看打着赤脚的孩子们的脚底是什么样子,才做出如此举动的。

还有,再多说一件好笑的事儿吧。收到那两张照片时,我叫来妻子,告诉她:

"这,就是上野的流浪汉。"

不料,妻子一本正经地说道:

"啊?这就是流浪汉呀?"

她边说边仔细端详着照片。突然,我循着妻子的视线看过去,不禁大吃一惊:

"你呀,都想成什么了,在看着那里?那,明明是我呢。是你丈夫哟。流浪汉在这边呢。"

妻子生性就是这样,特别一板一眼,远不是一个能开玩笑的女人。看来,她是真的把我错认成流浪汉了。

皮肤与心

❖

哎呀，我在左乳下方发现了一颗红豆状的脓包。再仔细一看，在这脓包周围，还有好些红色的小豆豆喷雾般地四处散落着。不过，当时也不痒什么的。只是觉得很可气，就在浴室里用毛巾使劲擦乳房下面，恨不得扒掉一层皮才好，但好像一点用也没有。回到家坐在梳妆台前，露出胸部对着镜子一看，不禁一阵毛骨悚然。说来，从澡堂走回家也要不了五分钟，可就在这短短的时间里，小豆豆竟从乳房下蔓延到了腹部，波及足有两个巴掌大的地方，就宛如熟透了的红草莓。仿佛看见了地狱图一般，我顿时感到天昏地暗。就是从这时起，我已不再是以前的我了，也不再觉得自己是人了。所谓天旋地转，就是指的这种状态吧。我久久地呆坐着。暗灰色的积雨云悄无声息地裹挟了我的四周，我被从以前的世界中远远地隔绝开来，就连外界的声音听起来也是那么微弱、幽远。而恍如置身在地底下的郁闷时刻就是从这时开始的。不一会儿，就在我打量着自己在镜中的赤裸身体时，仿若下起了淅淅沥沥的小雨一般，这儿、那儿，都冒出了好多小红豆，从脖子周围、胸脯、腹部发展到背部，像是在绕着圈似的极速铺开。我调整镜子的角度，对着后背一看，天啦！只见雪白的背上就像天女散花似的，长满了小红豆。我不由得捂住了脸。

"竟然长了这种东西……"我拿给他看。当时正是六月初。他穿着短衫和短裤，一副刚干完了今天工作的样子，怔怔地坐在办公桌前吧嗒着香烟。一听我说完，他就站了起来，让我转身对着他。他眉头紧锁，仔细地端详着，用指头到处摁了摁，问我："痒不痒？""不痒。"我回答道。真的，一点也不痒。他扭着头想了想，然后让我站在套廊上正当夕阳的地方，来回转动着裸露的身子。他仔仔细细地来回察看着。对于我的身体，他总是很留意，甚至到有些琐碎的地步。他尽管话语不多，但从心底里疼我。我也深知这一点，所以，即使被带到套廊的明亮处，裸露着害羞的身体，任凭他忽而朝东忽而朝西地来回转动，我也反倒像在祈祷一般，内心平静如水，无比踏实。我就那样站着，轻轻闭上眼睛，恨不得到死都不睁开。

"这可就不懂了。如果是荨麻疹，照理说会痒的呀。不会是——麻疹吧？"

我凄切地笑了，一边重新穿上和服，一边说道：

"没准，是有点皮肤过敏吧。因为我每次去澡堂，都会很使劲地擦胸脯跟脖子。"

兴许是吧。大概就是那样。说着，他就去了药房，买来一管白色黏稠状的药膏，一身不吭地用手指抹上药膏，涂在我的身上。倏然间，我的身体有着凉丝丝的感觉，心情也稍许变得轻松了。

"不会传染吧。"

"别担心！"

话是那么说，但他悲凉的心情——尽管分明是因为怜惜我——从他的指尖发出一阵响声，痛苦地回旋在我溃烂的胸部，并且打心眼里祈祷着我早日康复。

一直以来，他都小心翼翼地庇护着我丑陋的容貌，对我脸上那无数可笑的缺点，他不曾开过一句玩笑。真的，从未取笑过我的长相，而总是一副晴空般清澄而专注的表情，说道：

"我觉得你长得很美哟。我，喜欢。"他甚至常常这样叨念着，让我感到不知所措。

我们是在今年三月结婚的。我们俩是那么软弱、寒碜、害羞，所以，于我而言，"结婚"这个词，显得很有些做作和浮夸，很难泰然自若地说出口来。首先，我已经二十八岁了。我这样的丑女人是远离姻缘的，尽管在二十四五岁之前，还有过两三次机缘，但每次要有结果时都告吹了。说来，我家也不是什么有钱人家，不过是由母亲和我们姐妹俩组成的弱女子家庭，所以，美好的姻缘是指望不了的，而毋宁说是非分的梦想吧。到了二十五岁时，我算是醒悟过来，下定了决心：即使一辈子结不了婚，也要帮助母亲，养育妹妹，并以此作为自己的生存价值。妹妹与我相差七岁，今年快二十一岁了，既聪明能干，也不再任性，越来越是个好孩子了。所以，我要给妹妹找个进门的好夫婿，然后自己出去自谋生活。而在这之前，我要一直待在家里，把所有的家计和社会交往承担下来，全力守护住这个家。一旦打定这个主意，此前搅得内心不安的烦恼全都烟消云散了，痛苦和寂寞也远离我而去。我在打理家务的同时，还去努力学习裁缝，以至于附近的邻居开始向我订做一些孩子们的衣服了。就在我逐渐找到将来自谋生路的手段时，有人向我介绍了现在的他。中间做媒的，是所谓先父的恩人，因为有这样一层人情关系，所以很难一下子回绝。从介绍的情况来看，对方只有小学毕业，没有父母也没有兄弟，是被我先父的恩人捡到后，从小照顾到大的养子。不用说，对方也不可能有什么财产，现年三十五岁，是个小有技术的图案工，月收入有时会超过两百日元，但有时又分文不赚，平均下来，也就是每月七八十日元。而且，对方并非第一次结婚，曾和喜欢的女人在一起生活了六年，但前年两人又因某种原因分道扬镳了。那以后，他便以自己只有小学毕业，既没有学历，也没有财产，还上了年纪等等为由，认定自己不可能再奢望婚姻，索性决定终生不娶，悠闲地过打一辈子光棍。先父的恩人劝诫他说，那样的话，会被世间当作怪人的，明显行不通，还是赶紧娶个媳妇吧。还告诉他，自己心中有个人选。然后，就暗自跑来探听我们的意思。听罢，当时我和母亲面面相觑，很是为难。首先，这确实算不上一门好亲事。就算我是个嫁不出去的丑女，但也没做过什么错事呀。除了这样的对象，难不成就真的嫁不出去了？这样想着，一开始真是气不打一处来，但后来又被一种凄凉感攫住了。除了拒绝别无他法，但考虑到前来说媒的毕竟是先父的恩人，不管母亲还是我，总得想法拒绝得体面些才好。就在这犹疑的过程中，突然可怜起他来了。想必，他该是个温柔的人吧。而说到我自己，也不过是女校毕业，没什么特别的学识，也不是什么有钱人。父亲早已去世，家境贫寒。就像你们看到的那样，还是一个丑女，一个老大不小的欧巴桑。说来，我自个儿不也一无是处吗？没准，正好是一对般配的夫妻也说不定。反正我都是不会幸福的。既然如此，与其拒绝对方，和先父的恩人闹得很尴尬，还不如……想着想着，心情的天平开始倒向了另一侧，而更难为情的是，居然有种轻飘飘的感觉，整个脸颊都在微微发烫。"你，真的愿意吗？"母亲一副担忧的表情问道。我再也没有说什么，而是直接答应了先父的恩人。

结婚以后，我很幸福。不，不对，还是不得不说，我是幸福的。没准，今后会受到惩罚的吧。因为我被疼爱得无微不至。他总是很怯懦，可能是被上个女人给抛弃了的缘故吧，一副唯唯诺诺的样子，对什么都缺乏信心，让人看了干着急，再加上又瘦又小，还有一张寒碜的脸。不过，干起活来却很卖劲儿。让我吃惊的是，瞟了一眼他设计的图案，竟发现它是我似曾相识的图案。想来，这是怎样的奇缘啊！结果一问他，弄清事情的原委后，我这才恍如爱上他了一样，胸口怦怦直跳。原来，银座那家化妆品名店的蔷薇藤蔓的商标，就是他设计的。不仅如此，那家化妆品店销售的香水、香皂、蜜粉等的商标设计、报纸广告等，也几乎都是他的创意。貌似从十年前起，他就成了这家店的专属设计师，据说那些独具匠心的蔷薇藤蔓商标、海报、报纸广告等，几乎都出自于他一个人的手。如今，那个蔷薇藤蔓的图案就连外国人都熟记在心了，就算不知道那家店的名字，但那个把蔷薇藤蔓典雅地组合起来的别致图案，无论谁都会过目不忘。我仿佛记得，自己也是从上女校时起，就知道那个蔷薇藤蔓的图案了。而且，还被它莫名地吸引住了，以至于女校毕业以后，全部都用的是那家化妆品店的产品，可以说是它的忠实粉丝。但我从没想过，那个蔷薇藤蔓的设计者是谁。说来，也真是够大条的。不过，不光是我，世界上的人都一个德行吧，看见报纸上的美丽广告，没有人会去问，谁是设计它的图案工吧。图案工，就好比暗地里使劲的轿夫。就说我吧，也是嫁给他以后，过了一阵子才发现的。知道这事儿时，我兴奋地说道：

"我从上女校时起，就超爱这图案了。原来是你画的呀。太好了。我好幸福。原来，十年前就远远地注定了我和你的缘分，注定了我要嫁过来。"

看见我兴高采烈的样子，他红着脸，打心眼里很害羞似的，眨巴着眼睛，说道：

"别捉弄我啦。那不就是匠人的工作吗？"

说完,他又无力地笑了,露出一副悲凉的表情。

他这个人总是贬低自己,尽管我并不在意,但他对学历呀、贫穷呀、结二次婚之类的事儿心存芥蒂,耿耿于怀。这样的话,像我这样的丑女,又该如何是好?结果,搞得夫妇俩都没有自信,成天惴惴不安,彼此脸上都布满了羞愧的皱纹。尽管他好像偶尔也希望我向他撒撒娇,可我毕竟也是二十八岁的欧巴桑了,再说又是个丑女,所以,一看见他那缺乏自信的卑微模样,我仿佛也被传染了似的,觉得格外别扭,自然也不可能向他无所顾忌地撒娇了。结果,虽说心里满怀仰慕之情,但表面上显得一本正经,只是冷冷地回应他。于是,他越发抑郁了。而正因为我明白他的心情,所以就更是左右为难,对他相敬如宾了。他似乎也知道我缺乏自信,因此常常突如其来地赞扬我的长相,或者和服的花纹,但明显不得要领。我也知道他是在安慰我,所以一丁点儿也不高兴,整个胸口堵得慌,难过得直想哭。他是个好人。他从没让我感觉到上一个女人的存在,真的,一点也没有。托他的福,我总是把她忘得一干二净。再说,这个家也是我们结婚后新租的。此前,他是独自生活在赤坂公寓里的,但想必是不想留下什么不好的记忆,也出于对我的体贴吧,他把以前的家具通通卖掉,只带着工作的用具,就搬到了筑地的这个家里。再说,我从母亲那里拿了些钱来,就两个人一点点地买来家具,而被褥和衣橱都是我从本乡的娘家带来的。这样一来,就再也找不到先前女人的影子了,以至于我很难相信,他曾经和我以外的女人在一起生活过六年。真的,如果他不显出那种不必要的卑微,对我更粗暴些,多斥责我一点,多折磨我一点,没准我也能更天真地唱歌,肆无忌惮地向他撒娇,让整个家显得更加明朗快活。但两个人都自觉丑陋,小心翼翼。——我的事儿就先放在一边吧,他,凭什么要那么自卑呢?虽说只是小学毕业,但在教养上,与大学毕业的学士没有区别。就说唱片吧,他收集的都是相当高雅的东西,而那些我从没听说过的小说家的作品,他也是一有工夫就起劲地阅读,还创造出了那个具有世界性的蔷薇藤蔓图案。尽管他常常嘲笑自己的贫穷,但近来接手的业务很多,也不时有一百元、二百元的大笔进账,再说,前不久还带我去了伊豆的温泉。可是,对被褥、衣橱以及其他家具是娘家出钱买的这件事,他到现在还耿耿于怀。他那么在意,反倒让我不好意思,总觉得自己干了什么亏心事似的。要知道,不外乎都是些便宜货。我难过得直想哭,有些夜里还涌起了很多可怕的想法,比如,出于同情和怜悯而结婚是错误的,还是一个人生活的好。甚至一度萌发了有失贞洁的可恶念头:想找个更强悍的人在一起。啊,我是一个坏人!结婚以后,我才痛切地感受到了青春的美丽,以及就那样灰暗地白费了青春的懊悔,如今真想用什么来弥补这种缺失。有时候和他静静地吃着晚餐,竟突然被一种寂寞感搅得难受,手上拿着筷子和饭碗,差点就落下泪来。都怪我太贪婪吧。长得这么丑,却奢谈青春什么的,不过是落人笑柄而已。我就这样,就眼下这样,已经幸福得有些非分了。我必须得这样想。但有时还是忍不住任性,结果,就遭到这种可怕脓包的报应了。也许是因为他给我涂了药吧,脓包没有继续扩张,说不定明天就会好。我暗自向神灵祈祷着,早早就躺下睡了。

　　边睡边拼命地想,结果越发觉得不可思议了。无论什么病,我都不怕,可唯独这皮肤病却着实受不了。即便再怎么辛苦,再怎么贫穷,唯独这皮肤病是我万万不想得的。就算缺个胳膊少条腿,也比得皮肤病不知强多少。在女校的生理课上,学了各种皮肤病的病菌,害得我周身发痒,恨不得把教科书上印着病虫、巴米虫照片的那一页撕个粉碎。而且，我痛恨老师大条的神经，要知道，即便是老师，也不该这样若无其事地教人的。也许是因为教师这门职业的关系吧，他们只有拼命地忍耐，装着一副理所当然的模样给学生上课。一想到肯定是这样，更是对老师的厚颜无耻感到可气和痛苦。生理课结束后，我和伙伴们讨论起来：在疼痛、酥痒、瘙痒这三者中，究竟哪个最痛苦？对于这样的话题，我断然回答道：是瘙痒。难道不是吗？不管是疼痛还是酥痒，我认为都有个知觉的限度。被打、被砍或者被搔痒，当那种痛苦达到极限时，人肯定会失去意识。而失去意识后，人就进入了梦幻仙境，就是升天了，就能从痛苦中美丽地解脱。就算死了，又有什么呢？可瘙痒却像起伏的潮水，涨潮、退潮、退潮、涨潮，忽而缓缓地蠕动，忽而剧烈地翻腾，那种痛苦无休无止，绝不会抵达临界的顶点，所以既不会陷入昏迷，也不会因瘙痒而一命呜呼，只会永无休止地痛苦和挣扎。无论怎么说，都没有比瘙痒更钻心的痛苦了。就算在从前那种老式法庭被拷问，被砍杀，被殴打，被搔痒，我也绝不会告密的。没多久，我就会昏厥过去，而再来两三次，就已经命归黄泉了吧。怎么可能告密呢？我会不惜性命，坚守志士的天职。不过，若是拿来满满一桶跳蚤、虱子和疥癣，威胁说要撒在我身上，我顿时会汗毛竖立，周身打战，不顾烈女的风范，双手合十地央求道，我什么都说，请放过我。仅仅是想着，就厌恶得要跳起来。课间休息时，对伙伴们这样一说，她们全都坦率地表示了赞同。尽管有一次，全班同学在老师的带领下去了上野的科学博物馆，记得是在三楼的标本室里，我"哇"地大声尖叫着，没有出息地哭了起来。看见寄生在皮肤上的虫子标本被制成螃蟹大小的模型，整齐地排列在架子上，我真想大声骂一句"混蛋"，用棍棒把它们敲个粉碎。那以后三天，我都一直睡不着，总觉得周身发痒，饭菜也难以下咽。我甚至讨厌菊花。那小小的花瓣密密麻麻的，就像某个东西。即使看着树干上的凹凸，也觉得毛骨悚然，全身瘙痒。我搞不懂，居然有人能够泰然自若地咽下盐渍鲑鱼子、牡蛎壳、南瓜皮、沙砾路、虫吃的树叶、鸡冠子、芝麻、碎白花纹的绞染布、章鱼脚、茶叶渣、虾子、蜂巢、草莓、蚂蚁、莲子、苍蝇、鱼鳞，没有一样不讨厌。也讨厌注音的假名。注音的假名看起来就跟虱子一样。茱萸、桑果也讨厌。看到月亮放大了的照片，我恶心得差一点呕吐。即便是刺绣，有些图案也让我无法忍受。我是那么讨厌皮肤上的疾病，所以一直对皮肤格外留心，几乎从没长过脓包之类的。结婚以后，还每天都去澡堂，用米糠使劲擦拭身体。肯定是擦得过头了。现在长出这样的脓包，我真是又气恼又后悔。我到底干了什么坏事？神灵也未免太过分了。居然害我长了最讨厌、最恶心的东西，又不是没有其他的病了，就像是正中了红心，让我掉入了最恐惧的深渊。我感到真是不可思议。

  第二天早晨，天没全亮我就起来，悄悄走到化妆镜前一看，不禁叫了出来。啊，我是妖怪！这分明不是我。整个身体就像烂掉的西红柿一样，脖子、胸部、肚子上长出了丑陋不堪、像大豆子一般的脓包。只见周身都像长了角，冒出了香菇一般，布满了脓包，荒唐得让我想笑。而且，正慢慢地发展到双脚上。鬼！恶魔！我不是人！让我就这样死了算了。千万不能哭。这样一副丑陋的身体，就算做出要哭的样子，也不仅不可爱，反而就像烂熟的西红柿一样，只是显得滑稽、可耻，惨烈得无可救药罢了。千万不能哭。还是遮掩起来吧。他还不知道。我也不想让他看到。我原本就很丑，如今皮肤又烂了，我已经一无是处。我是渣滓，是垃圾桶。事到如今，他也找不到安慰我的话了吧。我讨厌被安慰。这样的身体还要来安慰，那我只会蔑视他的。讨厌。我想就此分手。别安慰我。别看我。也别到我身边来。啊，真想要一个更大的家。真想一辈子都住在远离他的房间里。如果不结婚该多好。如果没活到二十八岁该多好。十九岁那年冬天，我得了肺病。要是那时候没治好死了，该多好。要是那时候死了，就不会像现在这样痛苦，这样悲凉，也不用陷入这样惨不忍睹的境地了。我紧闭着双眼，一动不动地坐着，唯有呼吸在加剧，感到整个心都变成了恶鬼。世界是那么阒寂，而昨天的我已离我远去。我像个困兽般站起来，穿上了和服，深深感到和服是个好东西。不管多么可怕的身体，和服都能这样掩藏得没有破绽。我打起精神，走到晒衣场，恶狠狠地盯着太阳，不禁深深地叹息着。传来了广播体操的号令，我有些凄凉地独自开始做起了体操，轻声喊着"一、二、三"，试图装出很精神的样子，但突然间觉得自己好可怜，结果体操也做不下去了，差一点哭了起来。而且，或许是因为身体运动过于剧烈，脖子和腋下的淋巴腺开始隐隐发疼，轻轻一摸，全都肿硬着。当我察觉之后，整个身子已经站立不住，俨然崩溃了一样，一下子瘫坐到地上。我很丑，一直小心翼翼，尽量不引起人注意，忍耐着活到了今天。凭什么要跟我过不去？一种没有对象却要把人烤焦的愤怒喷涌而出。就在这时，从背后传来了他温柔的嘟哝声：

"原来在这里呀。可不要垂头丧气哟。怎么样？稍微好点了吗？"

本想回答说好点了，但不知为什么，我悄悄甩开他轻搭在我肩上的右手，站起身来，说道：

"回家吧。"

这句话一出口，我连自己都不认识自己了。对自己要做什么，要说什么，都承担不起责任了。不管是自己，还是宇宙，全都变得难以置信了。

"给我瞧瞧！"他那有些惶惑的低沉嗓音就恍如来自远方。

"不要。"我身体往后一退，说道，"就是这地方长了些疙瘩。"

我用双手使劲按住腋下，无所顾忌地号啕大哭起来，"哇哇哇"地叫着。一个二十八岁的难看丑女，再怎么撒娇和哭泣，又能有什么可爱之处呢？就算知道丑陋至极，但仍旧泪如泉涌，还流下了口水，我真的一无是处。

"好啦，别哭了。我带你去看医生。"他的声音透着前所未有的坚毅和果断。

那天，他请了假。在查阅报纸上的广告后，决定去一家有名的皮肤病专科医院，我以前也听到过一两次那个医生的名字。我边换出门的和服，边问道：

"是不是身体必须得给人看呀？"

"是的。"他非常优雅地微笑着，回答道，"可别把医生看作是男人。"

我霎时羞红了脸，居然还有点喜滋滋的感觉。

一走出门外，阳光是那么炫目，我觉得自己就是一只丑陋的毛毛虫。在这个病治好之前，我打算把这个世界变成一片漆黑的深夜。

"我不要坐电车。"结婚以后，这是我第一次如此任性而奢侈地说话。那些脓包已开始蔓延到手背上。我曾在电车上看到过一个女人，她就有这么吓人的手。于是从那以后，我就连抓电车上的吊带都觉得不干净了，担心会不会被传染。可现在，我的手就跟那个女人没什么两样了。"厄运上身"这句话，从没像此刻这样渗透过我的骨髓。"我知道的。"他露出开朗的表情回答道，让我坐上了轿车。从筑地经日本桥到高岛屋背后的医院，其实也就只有一会儿工夫，但在这段时间里，我有种搭在葬礼车上的感觉。唯有眼睛还活着，茫然地眺望着初夏的街巷风景。走在街上的男男女女，居然没有人长着我这样的脓包，这让我觉得真是不可思议。

到医院后，我和他一起走进了候诊室。这里呈现出与世间迥然不同的风景，我一下子想起了很久以前在筑地小剧场看的《在底层》①那出戏的舞台场景。尽管外面的世界是深绿色的，明亮得有些刺眼，但不知为什么，这里就算有光线，也尽显昏暗，充斥着阴冷的湿气，还有一股酸酸的气味扑鼻而来。盲人们垂着头，挤在一起。还有很多不是盲人，但身体有哪里残疾的老头子和老太婆，让我很是讶异。我在靠近门口的长凳边坐了下来，死人般耷拉着脑袋，恍如嚼了什么酸东西似的，紧闭上眼睛。突然我注意到，也许在这众多的病患中，只有我患的是最严重的皮肤病，于是睁开眼，抬起头，偷偷扫视着一个个患者，果然没发现任何人比我长着更明显的脓包。我是从医院玄关的广告牌上才知道的，这家医院专治皮肤病和另一种我羞于启齿的讨厌疾病。这么说来，那个坐在那里，像是年轻漂亮的演员似的男人，既然身体上没有长着脓包，那么，他就不是来看皮肤科，而是看另一科的病吧。一想到这里，就仿佛觉得，这候诊室里低头坐着等死的所有患者，全都染上的是那种病似的。

"我说你，还是去散会儿步吧。这里太闷了。"

---

① 俄国作家高尔基的戏剧作品。——译注

"好像还早哪。"他闲得无聊地一直站在我身边。

"嗯。轮到我，都该中午了吧。这里好脏，你别待在这里。"说出这样严厉的话来，连我自己都觉得好吃惊，但他柔顺地听从了我的话，慢慢点了下头，说道：

"你不一起出去走走？"

"不要。我没事的。"我微笑着说道，"我待在这里最轻松。"

把他赶出候诊室后，我稍微平静了一些，然后又坐在凳子上，闭上了眼睛。在旁人看来，我肯定是个很娇情的、沉浸在愚蠢冥想中的欧巴桑，可对于我来说，这样是最放松的。装死。想到这个词，顿时觉得好滑稽。不过，我渐渐开始担心起来。每个人都是有秘密的。仿佛有人在耳旁嘟哝着这句讨厌的话，不禁心跳加速。没准这个脓包也是——想到这里，顿时感到汗毛竖立。或许他的温柔善良、缺乏自信等等，也是源自于此吧。虽然很可笑，但到了这时，我才确确实实想到了一个事实：对于他来说，我并不是第一个女人。于是，我变得坐立不安。被骗了！完全是结婚欺诈！突然脑海里冒出了这样过分的字眼。恨不得追到他身边，猛揍他一顿。我真蠢。我是一开始就知道这一点才嫁给他的，可现在却突然对他不是头婚而懊悔、气恼，甚至觉得不可挽回，而且，前面那个女人的事儿也蓦然变得鲜明清晰，沉重地压在我胸口上。我第一次真正感到了那女人的可怕和可恨。以前竟没在意过那女人，我为自己的粗心和疏忽感到无比遗憾，差点就流下泪来。我好痛苦，难道这就是所谓的嫉妒？如果是，那么，嫉妒这东西就是不可救药的狂乱，而且是仅限于肉体的狂乱。它毫无美感，丑陋至极。原来，世界上还存在着我所不知的讨厌地狱。我开始讨厌再活下去了。我无耻地匆匆解开膝盖上的包袱，拿出小说，随意翻开一页，就从那里读了起来。《包法利夫人》①，爱玛的苦难生涯总是能安慰我。在我看来，爱玛最后的沉沦，是最符合女人也最自然的归宿。我感到，就如同水往低处流一样，身体变得慵懒也是符合天性的。女人，无非就是这样的东西。有着不可告人的秘密。要知道，那是女人"天赋"的能力。肯定都各自面临着一个"泥淖"。这一点是可以明确断言的。因为，对女人而言，每一天都是她的全部。与男人不同。不会去考虑死后之事，也不会展开思索。只祈求达成每一刻的美丽，溺爱着生活和生活的感触。女人之所以对茶碗和花纹漂亮的和服珍爱有加，就因为只有这些才是真正的生存价值。而每一刻的行动，都直接构成了生存的目的。除此之外，还需要什么呢？如果高明的现实主义能够牢牢地遏制住人的堕落和轻浮，并毫不掩饰地把它们暴露出来，不知我们自身的身体会有多么轻松。但对于女人心中这个深不可测的"恶魔"，谁都装着没有看见，也不肯去触碰它。正因为如此，才引发了各种悲剧。或许只有高深的现实主义可以真正拯救我们。毫不隐瞒地说，女人的心在新婚第二天就可以平静地想着其他男人了。对人心，绝不可以放松警惕！有句话叫作"男女七岁有别"，这句古训突然带着可怕的现实感，撞击着我的胸口，让我惊讶地发现：被称之为日本伦理的东西，几乎全都具有强大的写实性。我震惊得几近晕眩。原来，人们早就对一切深谙于心。自古以来，那个泥淖就早已掘好了，放在那里。这样一想，心情反倒变得痛快了一些，也安下心来。即使我身上长满了丑恶的脓包，也还是个性感的欧巴桑呢。我甚至抱着这份余裕，有了怜悯自己的心情，继续读起书来。此

---

① 法国作家福楼拜的长篇小说。小说女主人公爱玛是乡下医生查理·包法利的夫人，因不满粗俗的丈夫，而与乡下风流贵族罗多尔夫有染，后来又与昔日情人莱昂发生关系，最后服砒霜自杀。——译注

刻，罗多尔夫正悄悄贴近爱玛，轻声呢喃着甜言蜜语。我一边读，一边想着其他奇妙的事情，不由得扑哧笑了。如果爱玛这时身上长出脓包，事情会怎样呢？我冒出了这个奇怪的念头。不，这可是一个重要的想法！我一下子认真起来。如果是那样，爱玛肯定会拒绝罗多尔夫的诱惑，而爱玛的生涯也会因此截然不同。肯定是这样的。她最终肯定会拒绝的。要知道，如果身上是那样子的话，除此之外是别无选择的。而且，这绝不是喜剧。其实，女人的一生是由当时的发型、衣服的图案、犯不犯困等身体的细微状况来决定的，所以，曾有保姆因困得厉害而掐死在背上吵闹的小孩。特别是这样的脓包，不知道会怎样逆转女人的命运，扭曲浪漫的故事。在即将新婚的前夜，如果突然冒出这样的脓包，不等你反应过来便蔓延到胸部和四肢，会怎么样呢？我想，这种事儿是可能发生的。唯独脓包真的防不胜防，是取决于天意的东西。我从中感觉到天的恶意。在横滨码头，兴高采烈地迎接五年不见的丈夫回国。就在焦急等待的节骨眼上，眼看着脸上的重要部位出现了紫色的脓包。一摸它，那个原本兴奋不已的年轻夫人竟变成了惨不忍睹的岩石。这样的悲剧也是可能发生的。男人倒是对脓包什么的不以为然，但女人是靠皮肤活着的。如果有女人加以否定，那她肯定是在说谎。福楼拜什么的，我所知甚少，但感觉他是个缜密的写实家。当查理要亲吻爱玛的玉肩时，爱玛高叫着"不要！衣服会皱的"来拒绝他。既然有如此周密细致的观察能力，那为什么就不能写写女人患皮肤病的痛苦呢？兴许那是一种男人所难以理解的痛苦吧？或者像福楼拜这样的人，其实对此早就了然在心，但因为太过污秽，不能成其为浪漫故事，所以才视而不见，敬而远之的吧？不过，敬而远之未免太过狡猾，真的，太狡猾了。在结婚前夜，或是与五年不见、日夜思念的人重逢之际，突如其来地冒出了脓包，如果是我，我宁愿死掉。宁愿离家出走，要么堕落，要么自杀。要知道，女人是仅靠一瞬间的美丽欢愉而活着的。才不管它明天会怎样……

门悄悄打开了，他露出一张松鼠似的小脸，用眼神问我：还没到吗？我有些轻佻地朝他挥了挥手。

"喂。"我的声音听起来粗俗而尖利，有些忘乎所以。于是，我缩起肩膀，尽可能压低嗓音，继续说道，"喂，当认定明天管它怎么样都无所谓时，你不觉得，这是女人最显出女人味的时候吗？"

"你说什么？"他有些惶然无措。见状，我笑了。

"是我嘴笨没说好吧？所以你不懂。不过，没什么了。就在我坐在这里的时候，不知为什么，总觉得整个人变了似的。觉得总不能待在这样的底层里。我因为很软弱，所以很容易被周围的氛围所影响和驯服。我变得很粗俗。整个心越来越低贱、堕落，就好像……好了，不说了。"我欲言又止，噤口不语了。就好像卖春妇——我本想说这个词的。这是一个女人永远忌讳说出口的词，而且是每个女人都肯定一度被它所烦扰的词语。当彻底失去了自矜时，女人必定会想到它。我憬然察觉到，在长了这种脓包后，自己的心也变成了恶魔。以前我口口声声说自己是丑女，伪装成没有自信的样子，却悄悄对自己的皮肤，对，唯独对它呵护有加。如今我知道，它曾是我唯一的骄傲。也发现，我曾引以自豪的谦卑、节俭、忍让等等，都是格外不靠谱的赝品，实际上，我也不过是一个只凭知觉和触觉而忽喜忽忧，瞎子般生活着的可怜女人。不管知觉和触觉多么敏锐，都不外乎是动物的本能，而与智慧毫不搭界。说穿了，不过就是个愚蠢的白痴。我清醒地看穿了自己。

我错了。就算这样，我还把自己纤细的知觉视为高尚的东西，误以为那是一种聪明,以此来安慰自己。难道不是吗?结果,我还不是个愚蠢的傻女人。

"我想了好多好多。我真是个混蛋。我从骨子里都疯了。"

"那也难怪。我懂的。"他就像是真的懂一样,露出聪明的笑容,回答道,"喂,轮到我们了。"

在护士的带领下,进了诊疗室。解开腰带,再索性直接露出了肌肤。瞥了一眼自己的乳房,我看见的是石榴。比起被坐在眼前的医生看见,倒是被站在后面的护士看见,更让我难堪几十倍。在我看来,医生是没有人的感觉的,就连对他脸的印象也是模糊的。医生也不把我当人看待,到处摸弄着。

"是中毒。吃了什么不好的东西吗?"他用平静的声音说道。

"会治好吧?"他替我问道。

"会治好的。"

我迷迷糊糊的,就仿佛身在另一个房间里听着他们的对话。

"老是一个人抽抽噎噎地哭着,实在看不下去了。"

"马上就会好的。打一针吧。"

说着,医生站了起来。

"不是什么麻烦的病吧?"是他在问。

"当然啦。"

打完针以后,我们走出了医院。

"这不,手上已经好了。"

我把双手举向阳光,仰头眺望着。

"高兴吗?"

听他这么一说,我突然觉得怪难为情的。

蟋蟀

❖

　　我要和你分手。你满嘴都是谎言。兴许我也有不对之处。但我确实不知道，自己到底哪里不对。我已经二十四岁了。到了这把年纪，就算说我哪里不对，也没法改变了。除非一旦死去，再像耶稣基督那样复活，否则是根本改不了的。可我也知道，自杀乃是头号的罪恶，所以，我要和你分手，按照我认为正确的活法，来试着努力活下去。我觉得你很可怕。在这个世界上，没准你的活法才是正确的，但于我而言，怎么也没法那样做。嫁给你都快五年了。记得是十九岁那年春天与你相亲的，然后就只身跑到你身边来了。到今天我才说，当时，我父母都是拼命反对这门亲事的。还有弟弟也是，那时他还刚进大学，露出一副不以为然的表情，有些少年老成地问我："姐姐，真的不要紧吗？"因为怕你不高兴，一直憋到今天我都没有说，其实那时候，我还另外谈过两门亲事。尽管如今记忆都模糊了，但据说，其中一个是帝国大学毕业的少爷，志向是当一名外交官什么的。我还看过他的照片，长着一副像是乐天派的开朗面孔。这是池袋的大姐给介绍的。另一位则就职于我父亲的公司，是个接近三十岁的技师。因为是五年前的事儿，所以也记得不真切了，不过，据说是一个大户人家的长男，人也很踏实靠谱。好像很受我父亲的赏识，所以，父母都巴不得促成这门亲事。印象中，应该是没有看过他的照片。尽管这些事怎么着都是无所谓的，但只因害怕被你笑话，心里不舒服，所以，才把记忆中的事儿都抖搂了出来。之所以告诉你这些陈年旧事,绝不是为了故意跟你过不去或者别的什么。这一点请你务必相信。否则,我就为难了。我从未有过不贞的念头,比如愚蠢地认为,要是嫁给其他人就好了之类的。除了你之外的其他人,我是难以想象的。如果你又像往常那样一笑了之,我会感到很难过的。我是一本正经地在跟你说话,就请听我说完吧。不管是那时,还是现在,我都没有半点意思要和你以外的其他人结婚。这一点是铁板钉钉的。从孩提时代起,我最讨厌的就是磨磨蹭蹭。当时父母,还有池袋的大姐,都想方设法劝我去相亲,说也就是先见个面而已,但在我心目中,相亲就跟婚礼是一码事,所以没有贸然答应。因为完全无意和那个人结婚。如果真像大家说的那样,对方是一个无可挑剔的人,那么,即便没有我,不也同样有很多其他好女孩在等着他吗?因此,总觉得提不起劲儿来。我想嫁给这样一个人,在这个世界上(我这样说,没准又会被你笑话)除了我,就没有谁肯嫁给他。我就这样懵里懵懂地想着。恰好这时,有人说到了你。因为提亲的方式很不礼貌,惹得父母一开始就很不痛快。提亲的是古董商但马先生,当时他到父亲的公司来卖画。在像往常那样饶舌了一番后,他突然话题一转,开了个不够庄重的玩笑:"这幅画的作者日后必成大器。将府上的千金嫁给他,如何?"父亲听了根本就没放在心上,只是买下那幅画,挂在了公司会客厅的墙壁上。两三天之后,但马先生又来了,这次是来正式提亲的。父母感到很唐突,惊讶地说道:"这也太不庄重了。如果说担任说客的但马先生有失体面,那么,拜托但马先生的那个男人就更是……"事后我才从你那里得知,这一切事先你并不知道,都是但马先生出于朋友的忠诚而自作主张的。真是有劳但马先生了。如今,你能出人头地,也是托但马先生的福哪。是的,他真是抛开了生意经来全身心地帮你。也就是说,他是看准了你这个人。今后也千万别忘了但马先生哟。当时,我听到但马先生那莽撞的请求,尽管有些吃惊,却很奇怪地想见见你了。总觉得有种莫名的兴奋。有一天,我悄悄去父亲公司看你的画。这件事,我曾经告诉过你吧。我装着找父亲有事的样子,走进会客厅,独自静静地欣赏着你的画。那天天气很冷。我站在没有生火的宽大会客厅的角落上,一边直打着哆嗦,一边看你的画。那幅画上画着小小的庭院和向阳的套廊。套廊上没有人,却放着一个孤零零的白色坐垫。是一幅只由蓝、白、黄三色组成的画面。看着看着,我哆嗦得更厉害了,几乎再也站立不住。我当时就认定,这幅画除了我是没有人懂的。这可不是乱说,你千万别笑话。看见那幅画之后,有两三天时间,不论昼夜,我的身体都战栗不止。我琢磨着,无论如何,自己都只能嫁给你了。说来怪轻浮的,让我害羞得仿佛整个身体都在燃烧,但还是去央求了母亲。母亲露出了很不情愿的表情。但我决心已定,不肯罢休,就自己直接答应了但马先生。但马先生说了声"太好了",就起身站了起来,不曾想绊在椅子上摔了一跤。尽管如此,我和但马先生都一笑也没笑。那以后的事儿,想必你也是清楚的吧。在我们家,随着时间的流逝,对你的评价也越来越糟糕。比如,说你瞒着你父母,就从濑户内海的家乡跑到东京来了,你的父母自不用说,就连亲戚全都对你冷眼相看;说你喜欢喝酒;说你的画作从未在展览会上展出过;说你好像是个左翼分子;还有,怀疑你是否真的是从美术学校毕业的;等等。也不知道是从哪里调查到的,反正父母给我讲了各种各样的事情,来斥责我,来阻止我。不过,在但马先生热心的斡旋下,总算决定去相亲了。记得那天我和母亲一起来到了千定屋的二楼上。你就跟我想象中的一个样。你衬衫袖口的洁净让我一阵心动。当我端起红茶的托盘时,整个身体恍如故意捣蛋似的不住颤抖,结果,勺子在盘子上发出"咔嚓"的响声,让我不知所措。回到家里后,母亲更加激烈地数落起你来,说你最大的不是就是只顾着抽烟,也不怎么跟母亲搭话,还说你面相不好,未来没有希望。不过,我已经决定嫁给你了。僵持了一个月,终于我取胜了。和但马先生商量之后,我什么也没带就只身跑到了你那里。对于我来说,没有比在淀桥公寓里度过的那两年更快乐的时光了。每天每天,脑海里都满是明天的计划。你对什么展览会和所谓名家的名字漠不关心,只随性地画些喜欢的画。越是贫穷,我就越是心中暗喜,莫名地兴奋,对当铺和旧书店抱着一种遥远回忆中的故乡似的亲近感。当真的身无半文时,可以尝试自己所有的力量,觉得干劲十足。要知道,越是没有钱的时候,饭菜就越是美味,越是幸福。我不是接连发明了各种好吃的料理吗?可现在,已经不行了。什么想要的东西都可以轻易买来,一想到这个,便不再有任何幻想了。即使去逛市场,我也只感到一片空虚。我只是把隔壁大婶们要买的东西也同样买回来而已。你突然间声名鹊起,于是,我们就从淀桥的公寓搬出来,乔迁到了三鹰的这个家里。但从那以后,我们就再也没有任何快乐的事儿了。我也失去了一展身手的空间。你突然变得能说会道,对我也是更加呵护了,但我觉得,自己就像是被豢养的小猫,总是很困扰。我没想到你会在这世上立身成名,一直认为,你到死都会一贫如洗,只会随性地画一些想画的画,被世间的人们所嘲笑,却若无其事,不向任何人低头,只偶尔喝点喜欢的小酒,不被俗世所玷污地度过一生。莫非是我太傻了?不过,不管是那时还是现在,我都相信:在这个世上,必定存在着一两个那样的美丽之人。我暗自想,因为其他任何人都看不见他额头上的月桂树冠，他会受尽委屈，也没有人愿意嫁给他来照料他，所以，我要嫁给他，伺候他一辈子。我一直以为，你就是那个天使。还认为，只有我知道这一点。但结果如何呢？不曾想你突然变得伟大起来。不知为什么，我觉得羞愧得不得了。

我并不是憎恶你的成名。当我知道，越来越多的人一天天爱上你那悲凉得几近神秘的画作之后，每天夜里我都在感谢神灵，高兴得想哭。在淀桥公寓的两年里，你兴之所至地画着你喜欢的公寓后庭，或是新宿深夜的街道。当身无半文时，但马先生就会登门造访，作为两三幅画作的报酬，给我们留下足够的钱。但那时，看见自己的画被但马先生拿走，你的脸上会露出无限落寞的神色，对钱什么的漠不关心。每次但马先生来，都会悄悄把我叫到走廊上，无一例外地先说一声"请笑纳"，一本正经地行个礼，然后把一个白色信封塞进我的腰带里。你常常是一副不知情的样子，而我也做不出那种马上翻看信封内容之类的粗俗行为。因为我觉得，钱没有就没有吧，总能想到办法的。关于信封里装了多少，我也从未向你报告过。因为我不想玷污你。真的，我从没想过要你去赚钱，要你去出名。是的，一次也没有想过。我一直认定，像你这种笨嘴笨舌而脾气又暴躁的人（对不起，这样说你），是不可能有钱，也不可能出名的。但这一切都只是外表而已。为什么？为什么？

从但马先生来商量个人画展的时候起，不知为什么，你变得注意打扮，还开始定期去看牙医了。原来你虫牙很多，笑起来就像个老头子，但你毫不介意。即便我劝你去看牙医，你也总是半开玩笑地说："等牙齿全掉光了，就去整个镶假牙好啦。到时一口闪光发亮的金牙，惹得女孩子都来喜欢，也只能认命了。"你就这样搪塞着，从不打算去打理牙齿。可不知是吹来了哪股风，你居然不时趁工作的空闲溜出去，换上一两颗金牙回来了。"喂，你笑来看看！"我这样一说，你满是胡须的脸顿时羞得通红，难得用怯生生的语气辩解道："都怪但马这家伙天天撺掇。"个人画展是在我来淀桥后的第二年秋天举办的。我真是太高兴了。能让更多的人爱上你的画，凭什么不高兴呢？不过，我是有先见之明的。报纸上那样一味赞美你，展出的画也被一抢而空，甚至有名的画家也写信过来，可我总觉得，这一切太过美妙了，反倒有种害怕的感觉。尽管你和但马先生都叫我去画展现场看看，我却浑身哆嗦，只顾着在家里打毛线。你的画二十幅、三十幅地整齐排列着，被很多人来观赏——仅仅是想象着这一幕，我也差点流泪满面。如此美妙的事情来得这么早，肯定会有什么厄运发生的。我就这样想着。每天夜里，我都向神灵认错，并在内心里祈祷："幸福仅此已经足够了，所以从今以后，求您保佑他，不要生病，不要有什么坏事发生。"而你呢，每天晚上都在但马先生的邀约下，四处到各个名家的府上去寒暄问候。虽说也有过隔天早晨才回家的时候，但我也并没有觉得什么。只是，你会给我详细描述前一天晚上的事情，比如某某老师如何如何，纯粹是个混蛋等等，一点不像那个沉默寡言的你，竟开始说起很多无聊的事来。那之前，我已经和你在一起生活了两年，从没听你搬弄过别人的是非。不管某某老师如何，你不都一直是唯我独尊的态度，一副漠不关心的样子吗？还有，你那么说，无非是想拼命告诉我，前一天晚上你并没有做什么亏心事。其实，你不用那么心虚地绕着圈子来辩解，我也不是一无所知地活到今天的，所以，你还不如摆明了告诉我的好。就算我痛苦一两天，但过后倒还轻松些。反正我都是你一辈子的老婆。在那些方面，我是不太相信男人的，当然也不会胡乱猜忌。如果是那种事儿，我一点也不担心，能够笑着忍过去。却有另一些事情让我更加难过。

我们突然之间成了有钱人。你也变得格外忙碌了。还被邀请加入二科会①,成了会员。于是,你开始对公寓的房间太小觉得难为情了。但马先生也三番五次地来催我们搬家,还授以可恶的秘诀:"住在这样的公寓里,关乎社会上的信誉。最重要的是,画价永远也涨不上去。不如豁出去,租一个更大的房子吧!"听到这么一说,你也附和道:"对呀,没错。住在这样的公寓里,人们会小看你的。"因为你连声说些粗俗的话,让我感到很讶异,顿时变得好落寞。但马先生骑着自行车四处奔走,帮我们找到了三鹰的这个家。年末时,我们带着不多的几样家具,搬进了这个老大老大的房子。在我不知道的时候,你去百货公司买下了好多漂亮的家具。等那些家具一件件送到的时候,我的胸口一阵发堵,随即被一种悲哀攫住了。因为这和随处可见的那些暴发户没什么两样。但我觉得这样对不住你,一直拼命假装高兴地闹腾着。不知不觉间,我也变成了那种讨人厌的"太太"。你甚至还说要雇一个女佣,唯独这一点我死活都没同意。我没法去使唤别人。搬来这里后,你马上就印制了三百张贺年卡兼搬家通知书。对,三百张!什么时候,你结交了那么多朋友?我觉得,你开始走在非常危险的钢丝绳上了,让我很害怕。不久,肯定会发生不好的事情。你不属于那种依靠庸俗的交际来获得成功的人。想到这里,我就不禁胆战心惊,忧心忡忡地过着每一天。可是,你非但没有遭受挫折,反而好事连连。难道是我错了?我母亲也开始偶尔来看我们了,还每次都带来和服、储金簿之类的东西,俨然心情大好。父亲一开始很讨厌公司会客厅里的画,甚至把它收进了公司的储藏室里,但据说,现在却把它带回家里,还换了个漂亮的画框,挂在了父亲的书斋里。池袋的大姐也写

---

① 日本美术家团体之一,以举办的"二科展"而知名。——译注

信来，让我好好加油。家里也开始高朋满座了，客厅常常是人满为患。这种时候，你那爽朗的笑声常常传到厨房里。你现在变得喜欢说话了。以前你是那么沉默寡言，所以我一直认定，你什么都心知肚明，只因觉得一切都很无聊，所以才保持缄默的。但现在看来，并非如此。你在客人面前口如悬河地说着百无聊赖的事情。而且，还把前一天才从客人那里听到的画论照搬过来，当作自己的高见煞有介事地说出来。当我把自己读过小说后的感想告诉你之后，第二天你就原封不动地套用我的愚见，装模作样地对客人说："其实，就连莫泊桑也对信仰抱着敬畏之心呢。"有时候，我走进客厅去给客人沏茶，正好听到你这么说，顿时羞愧得停住了脚步。原来，你以前是什么都不知道的，对吧？对不起！其实，我也一无所知，但我相信，至少我还有自己的话语。可你呢？要么一言不发，要么就只会模仿别人说话。尽管如此，你却神奇地获得了成功。那年你在二科展上的画还得了报社的大奖，以至于报纸上充满了令人汗颜的溢美之词。孤傲、清贫、思索、忧愁、祈祷、夏凡纳①等等，诸如此类的词语全都用在了你身上。后来，你对客人说起那家报纸的报道时，居然大言不惭地说："还算道出了部分真实吧。"哎，你都在说些什么呀？其实，我们并不清贫。要我给你看存折吗？自从搬到这个家以后，你就像变了个人一样，常常把钱挂在嘴上。一旦有客人托你作画，你肯定会大模大样地提到价格。"事先说清楚比较好，可以避免事后麻烦，让大家保持融洽的气氛。"你就这样对客人说道。我在一旁偶然听到这话，觉得浑身不舒服。为什么对钱那么执着？在我看来，只要创作出好的画，生活自然会有办法的。好

---

① 皮维·德·夏凡纳（Puvis de Chavannes, 1824—1898），法国象征主义画家，主要作品有《文艺女神们在圣杯中》《贫穷的渔夫》等。——译注

好工作，默默无闻，过贫穷而节俭的生活，没有比这更惬意的事了。我对金钱或别的什么都没有欲望。我希望内心秉持遥远而宏大的自尊，悄悄地活下去。你甚至开始察看我的钱包了。一旦有钱进来，你就会把钱分成两份，放进你的大钱包和我的小钱包里。你的钱包里装的是五张大纸币，而我的钱包里，则是一张叠了四折的大纸币。剩下的钱则会全部存进邮局或银行。我总是在一旁看着。若是我忘了给放存折的抽屉上锁，被你看见了，你会很不高兴地抱怨我，让我感到心灰意冷。一旦你去画廊收钱，一般都是第三天才回来。即便这样，还是在深夜酩酊大醉后回来，嘎吱嘎吱地打开玄关门。刚一进屋子，你就净说些让人悲哀的话题："喂，还剩了三百日元呢。你数数看！"因为是你的钱，不管用多少，不都无所谓吗？我知道，为了消愁解闷，有时候也会想潇洒地挥霍一下吧。难不成你以为，把钱用光了，我会很沮丧？尽管我也知道金钱的宝贵，却并不是只想着它而活着的。剩了三百日元，就那么得意扬扬地回来，你的这种心理让我备感凄凉。我一点也不想要钱。我也不想买什么，吃什么或者看什么。家里的用具大多是利用的废物，和服也是重新染色和缝制的，没有买一件。我总能想办法对付过去。就连手巾架，我也不想买新的。因为太浪费了。你时常带我去市内，请我吃昂贵的中华料理，但我一点也不觉得好吃。总觉得于心不安，有些心惊胆战。我是真心觉得太浪费，好可惜。比起三百日元，比起中华料理，倒是你在这个家的后院给我搭一个丝瓜架，不知会给我带来多么大的喜悦！因为八铺席房间的套廊正当强烈的西晒，如果搭一个丝瓜架，肯定会很有用。我那么求你，你都只是说"不如叫个园丁来吧"，不肯亲手帮我做。"叫园丁来"——这种模仿有钱人的做法，我是真心讨厌。本来是想请你做的，结果你总是说"好的，明年吧"，结果到了今天也没有做。在自己的事情上，你总是大肆挥霍，但在别人的事情上，你却总是佯装不知。曾几何时呢？你的朋友雨宫先生为夫人的病而犯愁，前来找你帮忙，结果你故意把我叫到客厅里，一本正经地问我，现在家里有钱吗？我都说不上是可笑还是愚蠢，十分窘迫。正当我红着脸，不知所措时，你一副揶揄的口吻说道："别藏着掖着了。就在那边到处找找吧，总会找出二十日元来吧。"我真是吃了一惊。仅仅二十日元。我重新打量着你的脸。你用一只手来推开我的视线，说道："好啦，就算你借给我吧。别那么小气。"说完，你又转身面对雨宫先生，笑着说道："彼此彼此了。这种时候嘛，贫穷总是不好受的。"我讶异得什么都不想说了。说到"清贫"，你其实并不清贫呀。而说到"忧愁"，瞧你身上，哪里还有它美丽的影子？不如说你是个任性的乐天派。每天早晨，你不是都在盥洗间里大声哼着俗气的小曲吗？我在附近羞愧得不得了。说到"祈祷"，说到"夏凡纳"，这些词用在你身上，真是给活生生地糟蹋掉了。说到"孤傲"，难道你没发现，你总是生活在一群吹捧你的喽啰中间？你被光临寒舍的客人们尊称为"老师"，把这个那个的画全都批得体无完肤，扬言说，没有任何人走的是与你相同的道路。我认为，如果你真那么想，就用不着靠大肆贬低别人，来换取客人的赞同了。你是那么急于想赢得客人的赞同，哪怕只是当场一时的东西。这还算什么孤傲？其实，就算不能让每个来客都心悦诚服，又有什么呢？你是个喜欢撒谎的骗子。去年，你从二科会退出，结成名叫什么新浪漫派的团体时，你知道，我有多么悲哀吗？因为你是把背地里遭你嘲笑和轻蔑的一帮人集结起来，建立了那个团体。你简直没有定见。莫非在这个世界上，你那样的生存方式才是正确的？当葛西先生来访的时候，你们凑在一起大说雨宫先生的坏话，又是愤慨，又是数落，可一旦雨宫先生来了，你却又大献殷勤，说什么"我的朋友还是只有你"。你说得饱含感激，根本听不出是在撒谎。然后，你又开始抨击葛西先生的态度。世上所谓的成功者，难道都干着和你一样的勾当？居然还能一帆风顺，节节高升。我感到不胜恐惧，也不得其解。肯定会发生不祥之事的。那就发生好啦。为了你，也为了证明神的存在，我在内心深处的某个地方祈祷着，祈祷某件不祥之事的发生。但不祥之事没有发生。一件也没有发生。仍旧是好事接踵而至。你那个团体的首届展览会竟然好评如潮。我还听说，你那幅菊花图被观众誉为心境澄明，散发着圣洁爱情的馥郁芬芳。怎么会这样呢？我感到太不可思议了。今年的正月初，你第一次带我去大名鼎鼎的冈井老师家拜年。他也是你画作最热心的支持者。尽管他是一个那么有名的大家，却住在比我们家还窄小的房子里。仅凭这点，我就觉得他是个真正的大家。他身体胖胖的，有种稳如泰山的感觉，他盘着腿，透过眼睛仔细打量着我。那真的是一双孤傲之人的眼睛。就像在父亲公司那间寒冷的会客厅里初次见到你的画时一样，我的整个身体直打哆嗦。老师很随意地聊些单纯的话题。他边看着我，边半开玩笑地说："哦，真是个好夫人。想必是武家出身吧。"不料你却一本正经而又不无炫耀地回答道："嗯。内人的母亲是士族。"听着，我出了一身冷汗。母亲怎么变成士族了？父亲也罢，母亲也罢，都是地地道道的平民。要不了多久，你就会在别人的吹捧下，说什么"这家伙的母亲是华族"了吧。就连老师都没有看穿你全部的谎言，这真是奇怪。难道整个世界都是如此？"想必你近来工作很辛苦吧？"老师这样说着，不停地安慰你。可我的脑海里却浮现出了你每天早晨在盥洗间哼着粗俗小调的情景，差一点就要笑出声来。走出老师家不到一条街远的地方，你就用脚踹着沙砾，骂道："切！就知道对女人甜言蜜语！"我吓了一跳。你太卑劣了。刚才还在老师面前作揖打躬的，现在转身就说起了坏话。你是个疯子。从那时起，我就想和你分手了。再也无法忍耐了。你肯定是错了。我暗自想，就来点什么灾厄吧。但依旧没有发生灾厄。你甚至把但马先生一直以来的恩典也给忘了，对朋友说什么"但马这个混蛋又来了"云云。而但马先生似乎也知道了，竟主动笑着说："但马这个混蛋又来了哟。"还边说着，边慢吞吞地从门口进来。算了，你那些朋友的事儿，我真的是彻底搞不懂了。人的尊严都去了哪里？我要和你分手。我仿佛觉得，你们全都搅和在一起嘲笑我。前几天，你在广播上谈论什么新浪漫派的时局意识。当时，我正在茶室读着晚报，突然间收音机里播出了你的名字，接着就传来了你的声音。我觉得，那俨然就是别人的声音。是多么浑浊而不洁的声音啊！我想，这真是一个可恶的人。我得以从远处来批判你这个男人。你，只是一个凡夫俗子。从今以后，还会继续出人头地吧。真是无聊。"我之所以有今天……"听到这里，我一下子掐断了开关。你把自己想成什么了？赶快感到羞耻吧！"我之所以有今天"——这种可怕而又愚蠢的话语，请你再也不要说了。啊，你早点摔一跤，跌在地上就好了。那天夜里，我早早地睡了。关了灯，一个人仰躺着，听见有只蟋蟀在我背后拼命地叫着。虽然是在地板下叫着，但位置就在我背部的正下方，所以，仿佛蟋蟀是在我的脊椎里叫着似的。我想把这小小的、幽幽的声音存放进我的脊椎里，一生不忘地活下去。我也想过，或许在这个世界上，你是对的，而我是错的，但我怎么也闹不明白：我究竟错在哪里，又怎么错了？

樱桃

◆

吾面对青山而举目
——诗篇 第一百二十一

　　我希望大人比孩子更重要。即便像旧式道学家那样一本正经地认定，"一切皆为孩子"，可事实上，竟也是大人比孩子更弱势。至少在我家便是如此。尽管从没打过如意算盘，希望老后让孩子们来伺候和照顾我，但我这个父亲在家里还是得一味讨好孩子们。说到孩子，我家的几个都还年幼，长女七岁，长男四岁，次女才一岁。虽说如此，孩子们个个都开始骑在父母的头上了，而两个大人则大有像是孩子们的侍男侍女的感觉。

　　夏日，一家老小全都挤在三铺席大的房间里，吵吵嚷嚷地用晚餐。身为父亲的我一个劲儿地用汗巾揩掉脸上的汗水，独自嘟哝道：

　　"川柳[①]里倒是有这样的诗句：吃饭时大汗淋漓，也属粗俗之举。可无奈孩子们如此吵闹，再优雅的父亲也得流汗呀。"

　　孩子他妈把奶头塞进一岁女儿的嘴里，一边照顾丈夫和儿女吃饭，一边还得给孩子擦鼻涕、收拾泼撒的饭菜，忙得真是手脚无措。

　　"孩子他爹，好像你的鼻子最容易流汗了。这不，总是忙不迭地擦鼻子哪。"

[①] 由十七个假名组成的诙谐、讽刺短诗，是日本的一种文学体裁。——译注

身为父亲的我苦笑道：

"那你呢？又是什么地方容易流汗？是大腿根儿吗？"

"瞧，多优雅的父亲呀。"

"哎呀，我们不是在讨论医学问题吗？哪有什么优雅和粗俗之分的。"

"我嘛，"孩子他妈的表情变得稍为严肃了些，说道，"在我这双乳之间，……其实是泪水的溪谷……."

泪水的溪谷！

我噤口不语了，又埋头继续吃自己的饭。

在家里，我总喜欢开玩笑，这大概是因为"内心的烦恼"太多，不得不强装出"表面的快乐"吧。不单在家里是如此，就连在与他人接触时，不管心里多么痛苦，身体多么疲惫，也会尽力营造出一种愉快的氛围。而每当与人分手后，我早已累得步履蹒跚，可脑子里却还在不停地思考着金钱、道德、自杀之类的事情。这并不仅限于与人接触之时，即便在写小说的时候也同样如此。在悲伤抑郁的时候，我反倒会竭力去创作一些轻松愉快的故事。我自认为是在把美好奉献给读者，谁知人们并不领情，反而鄙视我，说太宰这个作家近来着实浅薄，单纯以趣味性来哗众取宠，实在是肤浅之至。

一个人愿意奉献给他人，这能说是坏事吗？难道装模作样，不苟言笑才是善举？

我是个傻逼的正经人，对那些令人扫兴的不快之事无法容忍。就算在家里，我也总是不停地说着笑话，带着如履薄冰的感觉开玩笑，与部分读者和批评家的想象相左，我家的榻榻米亮丽如新，案头整理得井井有条，夫妻之间相互体贴尊重，不用说绝无丈夫殴打妻子之事，就连高叫着"滚出去""滚就滚"之类的粗暴争吵也从未发生过。在疼爱孩子这点上，父亲和母亲都不落人后，而孩子们也总是快乐地黏着父母。

不过，这只是表面现象。孩子他妈一露出胸脯，便是泪水的溪谷，而丈夫睡觉时的盗汗也日益增多。夫妻双方都深谙对方的痛苦，却竭力加以回避。一旦丈夫开起玩笑来，妻子在一旁也会乐呵呵的。

每当妻子提到泪水的溪谷时，丈夫就会默不作声，即便想说说笑话，转移开话题，也会一时找不到合适的措辞。可继续沉默下去，心中的不快又会郁积得太多，所以，就算丈夫是个"万事通"，也终究只能绷紧了一张脸。

"去雇个人吧，无论如何都只能这样了。"为了不破坏妻子的心情，丈夫怯生生地咕哝道。

作为三个孩子的父亲，在料理家务上我是绝对无能的，就连被子我也不收拾，只知道开些低能的玩笑。对什么配给呀、登录[①]之类的事情更是一无所知，回家就如同客居旅店。整天都忙着待客、应酬，要不就是带着盒饭去工作室，有时一去便是一个礼拜，家也不回。嘴上成天挂着"工作、工作"，可每天却只能写出两三页的东西，其余的时间全都耗在了喝酒上。饮酒过多，导致身体枯瘦，成天嗜睡，而且还四处结交年轻女人。

说到孩子，七岁的长女和今春出生的次女尽管有点爱伤风感冒，但还算是正常。可四岁的长男就不同了，个头矮小，至今还不能站立，只能在地上爬行，一句话也不会说，只会"咿呀"几句，甚至分辨不出其他人的说话声。大小便也不能自理，饭倒是能吃不

[①] 指日本第二次世界大战时期的配给制和登录制。——译注

少，却迟迟不见长大，显得又瘦又小，头发稀疏。

夫妻俩都对长男的事讳莫如深。白痴、哑巴……如果让这些词脱口而出，并承认现实的话，未免太过惨烈了。妻子不时紧紧搂抱着孩子，丈夫却常在一旁有种发作似的冲动，想抱上孩子投河自尽。

"哑巴儿子遭父亲杀害。某日正午时分，某区某街某号某商人（五十三岁）在自家六铺席的房间里，用劈柴刀杀害次男某某（十八岁）后，又用剪刀戳破喉咙自杀未遂，被送往附近医院抢救，至今尚未脱离危险。该户人家最近为二女儿（二十二岁）招了入赘女婿，因担心又哑又傻的次男妨碍这段婚姻，竟出于爱女之心，萌生绝念。"

这一类的新闻报道，也引发我喝得烂醉。

呜呼！如果这个长男仅仅是发育迟缓就好了。如果有那么某一天，他突然间茁壮成长起来，就如同在愤然嘲笑父母的多虑，该有多好！夫妻俩没有告诉任何亲朋好友，只是一边在内心深处悄悄这样祈祷着，一边表面上若无其事地逗弄着长男。

夫妻俩都为了生存而竭尽全力。我原本就不是一个多产的作家，而只是个极端谨小慎微的人，却被活生生地暴露于公众面前，不知所措地进行着创作。写东西很吃力，甚至不得不求助于闷酒。所谓喝闷酒，乃是对自己无法写出真实的想法而备感悔恨和懊丧时喝的酒。能明确表达自己观点的人是不会喝什么闷酒的（女人中喝酒者不多，概源于此）。

跟别人高谈阔论，我从未赢过，每次都必输无疑。因为我总是被对方强烈的自信、惊人的自我肯定所压倒，最终只能缄口不语。仔细想来，我也察觉到了对方的自私，逐渐开始相信，并非都是我的过错。不过，明明辩输了却还要死缠烂打，这未免过分凄惨。更何况对于论争，我历来就像对待斗殴一样厌恶无比，所以，尽管怒气冲天却依旧面带笑容，要不就索性保持沉默，随后又开始胡思乱想，不由自主地借酒浇愁。

坦白地说，我这篇东西写得絮絮叨叨，东拉西扯。说穿了，就是一篇描写夫妻吵架的小说。

"泪水的溪谷"，这正是吵架的导火索。如前所述，我们这对夫妻不用说动手动脚，就连恶言相向的事也从未有过，堪称相敬如宾的一对。话虽如此，还是有些地方因一触即发的危险而不得不提心吊胆。这种危险就像是彼此在无言中搜罗着对方不是的证据，又像是拿起一张牌瞥一眼后便悄然放下，在反反复复之中，只等着把牌收齐之后，冷不防在你眼前一下子摊牌似的，这无疑加深了夫妻间"客套"的程度。妻子一方姑且不论，丈夫倒是像个越是捶打，"灰尘"出得越多的人。

"泪水的溪谷"，一听到这说法，丈夫便禁不住一阵悲哀。他不喜欢争论，只有一味的沉默，在心里嘀咕道：不管你用哪种讥讽的语气说出这个词，其实，流泪的人又何止你一个。在为孩子的事绞尽脑汁这一点上，我也并不示弱，也知道自己的家庭有多么重要。即便是孩子夜晚的一声咳嗽，也会让我猛然惊醒，心头一阵难受。说到这个家，我何尝不想住进更好一些的房子，让你和孩子们兴高采烈。可我就是没有这个能力，仅仅是为了维持现状，也已经是豁出老命了。我也不是什么凶神恶煞的怪物，没有对妻儿见死不救的"胆量"；我也不是不知道什么配给、登录之类的事情，只是实在没有那个工夫。我暗自在心里这样嘟哝着，却没有勇气说出口来。没准又会被妻子转移目标，弄得自讨没趣，最后充其量嘀咕一句"去雇个人吧"之类的话，以表示自己一点小小的主张。

妻子属于沉默寡语的一类人，在她的话语里中带着一种冷冰冰的自信（不单是她，其他女人也大抵如此）。

"可实在是没有人愿意来呀！"妻子回答道。

"找一找肯定会有的，不是没人愿意来，大概是没人肯在这儿待下去吧。"

"你是说，我不会用人吧？"

"哪儿的话……"

我又沉默了。其实，我真是那么想的，却只能不吭声。

是啊，要是雇个人就好啦。当妻子有事背着最小的孩子外出时，我必须得照顾另外两个孩子，而且，家里每天必定有十来个客人。

"我想去工作室。"

"这就去吗？"

"嗯。有东西一定得在今晚赶出来。"

这倒并非谎言，不过，其中也不乏这样的动机，那就是想逃离家里这种压抑的气氛。

"今晚我想去妹妹那里一下。"

我知道妻子的妹妹眼下病重，可如果让妻子去探望，那我就又得留下来照看孩子了。

"所以，我才说要雇一个人嘛。"

刚一开口，我就又止住了话头。只要一提及妻子娘家的事，两个人的心理就会变得复杂起来。

人活在这世上，真是件不容易的事，到处都有枷锁来束缚住你，哪怕是稍微动一下，也会冒出血来。

我默默地站起身来，从六铺席房里的桌子抽屉中取出装有稿费的信封，放进和服衣袖，又用黑色的包袱皮将稿笺纸和辞典裹好，就恍如自己的身体已不再是物体似的,飘飘然地出了门。

这下哪还有心思工作,满脑子都想着自杀的情景。于是,径直去了喝酒的地方。

"欢迎光临!"

"拿酒来!哇,今天你又穿着这么漂亮的衣服呀!"

"不错吧?我想,这花纹是你喜欢的。"

"哎,今天两口子吵架,气儿还没消呢。来,喝、喝、喝!今晚就住在这里啦!不走了!"

我希望大人比孩子更重要。与孩子相比,其实父母更加弱势。

樱桃上市了。

在我家,是不会给孩子吃高档东西的。孩子们也许连樱桃都没有见过。要是带些回家让他们尝尝,他们该多高兴啊。如果用线系住樱桃蒂,挂在脖子上,那颗颗樱桃看上去一定就像珊瑚首饰吧。

我吃着盛在大盘子里的樱桃,味同嚼蜡。我一边吃着,一边不断从嘴里吐出樱桃核,而心中却虚张声势地嘟哝着一句话:大人比孩子更重要。